NOUVELLES OBSERVATIONS

SUR

LE CANAL

DE LA BASSE-SOMME

ET

SUR L'ÉTAT DE LA NAVIGATION

ET DU COMMERCE

DE LES PORTS DE SAINT-VALERY, DU CROTOI ET D'ABBEVILLE,

par

L. ESTANCELIN,

DÉPUTÉ DE LA SOMME.

. . . . Multaque merces
Unde potest, tibi defluat æquo
Ab Jove, Neptunoque sacri custode Tarenti.

(Hor.)

Paris

CARILIAN-GOEURY, LIBRAIRE

du Corps Royal des Ponts et Chaussées et des Mines,

Quai des Augustins, 41.

1834.

NOUVELLES OBSERVATIONS

CANAL DE LA BASSE-SOMME.

TYPOGRAPHIE DE A. PINARD,
Quai Voltaire. n° 15.

NOUVELLES OBSERVATIONS

SUR

LE CANAL

DE LA BASSE-SOMME

ET

SUR L'ÉTAT DE LA NAVIGATION

ET DU COMMERCE

DANS LES PORTS DE SAINT-VALERY, DU CROTOI ET D'ABBEVILLE,

par

L. ESTANCELIN,

DÉPUTÉ DE LA SOMME.

. . . . . . Multaque merces
Unde potest, tibi defluat æquo
Ab Jove, Neptunoque sacri custode Tarenti.

(Hor.)

Paris

CARILIAN-GOEURY, LIBRAIRE

du Corps Royal des Ponts et Chaussées et des Mines,

Quai des Augustins, 41.

—

1834.

NOUVELLES OBSERVATIONS

SUR LE

Canal de la Basse-Somme

ET

SUR L'ÉTAT DE LA NAVIGATION ET DU COMMERCE

Dans les Ports du département de la Somme.

Je venais de faire paraître mes *Observations sur le Canal de la Basse-Somme*, lorsque j'appris que la Chambre de commerce d'Amiens et **MM.** les négocians et marins de Saint-Valery avaient simultanément publié deux mémoires, dont l'objet était de réfuter la note que j'avais remise, le 31 août dernier, à M. le ministre des travaux publics. En lisant ces mémoires, je regrettai de ne les avoir pas connus avant la publication de mes observations, parce que j'y aurais compris la réponse que je dois à mes honorables adversaires.

Ma note n'étant qu'un sommaire de faits, sur lesquels j'appelais l'attention du ministre, ne pouvait citer toutes les autorités sur lesquelles on devait charitablement présumer que j'avais fondé mon opinion et mes raisonnemens, et que je ne m'étais pas réduit à n'être que l'écho de mes correspondans. Mes observations plus étendues ont suppléé, en partie, à cette absence de témoignages, et ont montré que j'avais étudié la matière ailleurs que dans les lettres de Linguet. Mais il me reste toujours le reproche d'accuser l'administration d'avoir constamment repoussé, *sans les discuter*, les plus justes réclamations. Pour prouver la témérité de l'assertion, on démontre que, depuis 1777, l'administration n'a cessé de *discuter* et de prononcer sur les réclamations d'Abbeville; pour cet effet, on fait l'historique du litige qui subsiste depuis 60 ans. Mais je ne l'ignorais pas; j'avais lu toutes les pièces du procès; l'exact historien de la navigation intérieure de la France n'a rien laissé à désirer à cet égard; ce que je disais, ce que je répète, c'est que, dans ces discussions, l'administration, résolue à soutenir le système dans lequel elle s'était engagée, a repoussé des réclamations fondées sur des faits évidens; elle a méconnu les leçons de l'expérience, et pouvant choisir entre divers projets, la fatalité a voulu qu'elle réprouvât les meilleurs, et se fixât presque toujours aux plus mauvais. A mon tour, j'ai cru nécessaire de tracer l'historique des vicissitudes du canal de la Basse-Somme, depuis son tracé jusqu'à son achèvement. J'ai examiné le mérite des projets qui furent soumis successivement par des ingénieurs d'un talent éprouvé. J'ai évité, dans mon travail, ces accusations acerbes qu'inspire l'esprit de rivalité ; en me prononçant pour l'opinion d'Abbeville, et par conséquent contre celle de la Chambre de commerce d'Amiens et des négocians de Saint-Valery, j'ai suivi une conviction intime et profonde ; tous les intérêts de localité ont disparu pour moi devant l'intérêt général.

Persuadé que le meilleur argument pour prouver l'utilité d'une entreprise, est de constater son résultat, j'ai examiné si ce résultat répond aux espérances qu'on avait dû former lorsqu'on entreprit le canal de la Basse-Somme ; je présente donc un état, dressé sur pièces officielles, de la navigation et du commerce dans les ports de la baie, en 1831-1832 et 1833. On peut, par cet état, juger si les espérances données se sont réalisées, et dans le cas contraire, prononcer sur ce qu'on doit raisonnablement faire pour atteindre le but que les auteurs des canaux de la Picardie s'étaient proposé, et ce que la capitale attendait d'une seconde communication avec la mer.

Si le corps des ponts et chaussées n'a pas varié dans la résolution prise en 1770, de creuser sur la rive gauche le canal de la Basse-Somme d'Abbeville à Saint-Valery, il n'en a pas été de même dans l'exécution de cette inflexible volonté. Chacun des ingénieurs a présenté des plans si différens entre eux, qu'on peut dire qu'aucune entreprise n'a donné lieu à des projets si nombreux, à des décisions si diverses, à des changemens si fréquens, et n'a mieux, en définitive, confirmé que d'un funeste principe on ne peut tirer que des conséquences mauvaises.

Il y avait cependant, dans ces projets, un choix à faire : des ingénieurs du mérite le plus distingué (MM. Lamblardie, Girard, Sganzin, etc.) s'étaient efforcés de diminuer ses inconvéniens, dont, désormais, il ne dépendait plus d'eux de prévenir la cause. Ils offraient les moyens les plus assurés de tirer du canal, pour lequel il n'avait été dépensé que 330,000 fr., tous les avantages compatibles avec sa situation. Leurs plans successivement adoptés par le conseil des ponts et chaussées, furent ensuite, par le même conseil, tout-à-fait écartés, pour faire place à la déplorable conception du barrage éclusé; c'est-à-dire qu'en cette circonstance on s'arrêta au plus mauvais parti qu'il fût possible de prendre, comme si l'on eût voulu réaliser les prévisions des adversaires du canal.

L'édit du 7 septembre 1725, qui autorisait et

prescrivait la confection du canal de la Somme,
avait dû nécessairement éveiller l'attention et pro-
voquer des projets sur le choix du port où aboutirait ce canal. On doit distinguer parmi ceux qui
parurent à cette époque, celui de François Gatte,
négociant d'Abbeville. Appréciant les immenses
avantages que devait procurer à l'État, et plus
particulièrement à la province de Picardie, le canal
de la Somme, Gatte avait senti qu'il fallait le faire
aboutir à un port où pussent arriver et séjourner
avec sécurité les bâtimens du commerce de tout
tonnage. Connaissant tous les inconvéniens du
port de Saint-Valery, et l'impossibilité d'y pourvoir efficacement, il indiquait le hable d'Ault,
situé entre l'extrémité des Falaises de la Haute-
Normandie et l'embouchure actuelle de la Somme,
où, dans tous les temps, et de presque tous les
vents, les navires auraient eu la faculté de parvenir. Nous verrons que cette pensée, saisie et
développée plus tard par Lamblardie, devint la
matière de l'excellent mémoire que ce savant ré-
digea en 1793.

Les habitans d'Abbeville sentirent les avantages
qu'aurait l'exécution du projet de leur concitoyen,
mais ils reconnurent qu'une conception aussi vaste
n'était pas d'une exécution praticable, à raison des
frais immenses qu'elle occasionerait, qui ne pa-

raîtraient pas en rapport avec les fruits qu'en re-
tirerait l'Etat. Ils représentèrent alors que, sans
se précipiter inconsidérément dans des dépenses
incalculables, la nature présentait, dans la baie
même, un port excellent, réunissant toutes les
conditions que pouvaient désirer le commerce et la
navigation. Au xiie siècle, le Crotoi, ville fortifiée,
relevant directement du comté de Ponthieu, for-
mait l'avant-port d'Abbeville. Annexe de ce chef-
lieu de la contrée, le Crotoi partagea sa bonne
et sa mauvaise fortune. Les événemens militaires
et politiques dont le Ponthieu fut le théâtre et
la victime pendant tout le xve et une partie du
xvie siècle, en ruinant le commerce d'Abbeville,
ruinèrent également le Crotoi. Sa population,
que la navigation pouvait seule y fixer, s'éloigna
d'un lieu où elle ne trouvait plus à subsister, et
que la complète destruction de sa forteresse et
de ses remparts laissait désormais exposé, sans
défense, à l'agression ennemie. Le commerce
d'Abbeville, long-temps réduit à ses fabriques, ne
reprit les spéculations maritimes, interrompues si
long-temps, qu'à l'époque où il commença à être
question du canal de la Somme, c'est-à-dire dans
le commencement du xviiie siècle. Dès lors son
attention se fixa sur son avant-port. Les hommes
avaient détruit leurs ouvrages, mais la nature

avait conservé le sien. Malgré les variations fréquentes du cours de la Somme, le courant du flux portait toujours au Crotoi un volume d'eau plus que double de celui dont il couvrait les bancs de sable de la baie. Les habitans d'Abbeville durent donc représenter, comme ils le font encore, comme ils ne cesseront de le faire, que l'on devait mettre le canal en rapport direct avec le Crotoi; qu'il y avait avantage pour le commerce et économie pour l'Etat.

Cette opinion fut contestée et violemment combattue par la ville de Saint-Valery, qui voyait pour elle, dans la possession exclusive de l'embouchure de la Somme, non seulement une cause de prospérité, mais de conservation. Cette ville invoqua et dut obtenir l'assistance du commerce d'Amiens, dont ses principales maisons étaient les associées ou les commissionnaires. Dès lors commença ce litige, dans lequel l'influence d'Amiens sur la Chambre de commerce de Picardie, neutralisa, selon nous, l'intérêt général, qui fut sacrifié à celui d'une localité.

Linguet, qui habitait Abbeville en 1769, donna de la célébrité à ce différend; il peignit avec autant d'énergie que de vérité l'état réel de la baie, et il prédit, avec non moins de succès, ce qui résulterait infailliblement du parti qu'on était dès

lors résolu d'adopter, de dériver la Somme sur la
droite de la vallée, et de la porter vers Saint-Valery.

Les discussions que souleva la polémique produisirent leur effet ordinaire, c'est-à-dire qu'au
lieu de ramener, de concilier les partis, elles les
aigrirent ; ils s'opiniâtrèrent dans leurs résolu-
tions, sans consentir à se faire aucune concession.
En 1777, la Chambre de commerce de Picardie
demanda, au nom de la province, que le gouvernement nommât des ingénieurs pour procéder au
tracé et au devis estimatif des travaux sur la rive
gauche ; les négocians d'Abbeville et ceux de
Saint-Quentin refusèrent d'assister à la délibéra-
tion, et les premiers protestèrent auprès de l'intendant contre la compétence de la Chambre, à
laquelle ils ne pouvaient reconnaître le droit d'arrêter exclusivement les moyens d'améliorer la
navigation. Ils renouvelaient dans leur mémoire
tout ce qui avait été dit, tout ce qui a été répété
depuis sans succès, sur les irrémédiables inconvéniens du port de Saint-Valery et sur les avantages
de celui du Crotoi. La Chambre de commerce
de Picardie contesta et combattit toutes les assertions de ses adversaires, en s'appuyant alors,
comme le font aujourd'hui ses successeurs, moins
sur les intérêts commerciaux que sur le mérite

et l'infaillibilité des études faites, et des disposi-
tions arrêtées par MM. les ingénieurs. Les repré-
sentations des négocians d'Abbeville furent écar-
tées, et l'avis de la Chambre de commerce de
Picardie, nonobstant l'absence des délégués d'Abbeville et de Saint-Quentin, fut adopté par le
gouvernement.

Un arrêt du 19 octobre 1778 chargea M. *Delatouche*, ingénieur en chef des ponts et chaussées
de la généralité d'Amiens, de dresser les projets,
« de lever les plans, faire faire des nivellemens,
« rédiger les devis et détails estimatifs, et générale-
« ment toutes les opérations nécessaires pour le ré-
« tablissement du port de Saint-Valery, et pour
« le creusement d'un nouveau lit sur la rive gauche
« de la Somme, depuis *Petitport* jusqu'à la pointe
« de *Pinchefalise;* pour, lesdits plans, devis et dé-
« tails rapportés au conseil, être par Sa Majesté
« ordonné ce qu'il appartiendra. »

M. *Delatouche*, étendant singulièrement les limites de ses instructions, jugea probablement,
d'après l'axiome, qui veut la fin veut les moyens,
que les opérations nécessaires pour le rétablissement du port de Saint-Valery, qui était alors dans
le plus déplorable état, comprenaient implicite-
ment l'exécution complète d'un canal qui ne dé-
riverait plus la Somme à *Petitport*, mais qui,

partant de *Sursomme*, porterait toutes les eaux du fleuve à Saint-Valery. C'est dans cet esprit que cet ingénieur procéda à son tracé. Son projet fut approuvé par une commission composée d'officiers de la marine et d'ingénieurs distingués. Le jugement de tels hommes est, au premier aspect, d'un grand poids ; mais quand on examine les circonstances qui ont dû les déterminer, et qu'on rattache ces circonstances à ce qui a été effectué depuis, on est autorisé à former des inductions bien différentes [1].

De quoi s'agissait-il ? d'exécuter l'arrêt de 1778,

[1] D'après ce qu'écrivit en 1785 un ancien négociant d'Amiens à l'Intendant de la province, il paraît que les deux capitaines de la marine royale et l'ingénieur du même corps, envoyés pour vérifier si, comme on l'avait assuré, le port du Crotoi pouvait être mis en état de recevoir des frégates, y arrivèrent dans la morte eau, c'est-à-dire dans le temps où la mer, presque nulle, ne laissait apercevoir qu'une baie aride, couverte de bancs de sable très élevés, et sillonnée à peine par quelques filets d'eau produits par *la Somme*, *la Maye* et *l'Amboise*. Que trouvèrent-ils au Crotoi ? Un petit bassin presque comblé, des ruines qui attestent, à la vérité, une ancienne existence considérable, mais qui préviennent très défavorablement, et pour habitans, quelques pêcheurs grossiers. Ils aperçurent au contraire, de l'autre côté de la baie, Saint-Valery, ville dont l'aspect n'est pas, à la vérité, bien imposant, mais qui présente au moins quelques établissemens déja formés, et un certain nombre de navires dans sa rade. Il faut convenir que la comparaison ne pouvait être à l'avantage du

qui prescrivait le rétablissement du port de Saint-Valery ; c'était à l'exécution de cette mesure expresse que s'attachait le projet du canal de M. Delatouche, qui ne s'engageait à rétablir le port qu'au moyen d'y porter toutes les eaux de la Somme. Les travaux, qui ne consistaient qu'en terrassemens, ne s'élevaient qu'à une dépense de 934,000 francs. Il n'était pas question dans ce projet, d'écluses, ni de barrage éclusé, ni de ces dispendieux travaux d'art qu'on a faits depuis. C'était un nouveau lit qu'on ouvrait à la Somme, qui devait rester ouvert à son embouchure. Ainsi, avec moins d'un million, on obtenait le résultat qu'on se promettait. M. Delatouche, en présentant à la Commission le devis des dépenses de son canal d'Abbeville à Saint-Valery, démontrait par un autre aperçu, que d'Abbeville au Crotoi le canal ne coûterait pas moins de deux millions.

Crotoi. Aussi jugèrent-ils que le port de Saint-Valery était préférable, et que l'on ne pouvait rien faire de l'autre.

Il n'était pas possible, ajoute l'auteur, dans un espace de temps aussi borné, que ces officiers pussent rassembler les renseignemens nécessaires pour être en état de prononcer avec certitude sur le Crotoi ; quoique connus pour très instruits, leur suffrage qui, dans toute autre occasion, serait du plus grand poids, peut être regardé comme nul dans celle-ci.

Cette différence dut influer sur le parti que prit la Commission ; en effet, d'un côté elle voyait une dépense plus que double, la nécessité de créer un port dans un village misérable, d'y construire de coûteux établissemens ; d'autre côté, une petite ville bien peuplée, possédant déjà des établissemens maritimes et commerciaux, à qui il ne manquait pour accroître sa prospérité, que la restauration de son port qui résultait de l'effet que devait produire le canal déjà tracé ; enfin le vœu si fortement manifesté par la Chambre de commerce de la province, s'ajoutait à ces considérations.

Les travaux de terrassement commencèrent en 1786. Dès lors commencèrent aussi les incertitudes, les variations de système de la part de tous les ingénieurs qui succédèrent à M. Delatouche. Suivant le projet de celui-ci, la rivière, prise au hameau de Sursomme, devait être introduite dans un nouveau lit creusé sur de très grandes dimensions, qu'on aurait laissé ouvert à son embouchure. Ainsi restant soumis, comme l'ancien, aux influences du flux et du reflux, et ses grandes dimensions ayant été déterminées sans aucune proportion avec le volume des eaux courantes qu'il était destiné à recevoir, il se serait bientôt comblé d'alluvions, et la barre qui s'y serait formée un peu plus tôt ou un peu plus tard , aurait infailliblement reproduit tous les inconvéniens auxquels on voulait remédier.

Ces observations aussi naturelles que judicieuses avaient été adressées à l'Intendant de Picardie, en 1785, un an avant le commencement des travaux, et ne produisirent aucun effet. M. Delatouche creusa son canal dans la colossale proportion de cent pieds d'ouverture dans le fond , sans faire connaître si, du côté de Saint-Valery, il serait entièrement libre et ouvert, comme le supposait l'arrêt du Conseil, et comme doit le faire présumer le devis de la dépense , sans laisser soupçonner, dans le cas contraire, quelle sorte d'ouvrage établirait sa communication avec la mer, sans énoncer quelle serait la profondeur. Il ne paraît pas qu'aucun de ces divers points ait été résolu.

Les travaux furent interrompus par la révolution. Jusque là le système de M. Delatouche avait été suivi ; on avait, sur son tracé, fait une partie des travaux de terrassement, sans avoir résolu les incertitudes que nous venons d'énoncer. On prétend, et à cet égard nous avons quelque motif de le croire, que cet ingénieur, trop éclairé pour ne pas avoir connu et apprécié le port de Saint-Valery, devait, après avoir terminé ses terrassemens, et avoir fait pour le rétablissement du port tout ce qui lui était prescrit, proposer de prolonger le canal et de le conduire à travers le domaine de *Lanchères* au *hable d'Ault*. Il avait adroitement jugé que, dans le conflit existant entre Abbeville et Saint-Valery, il eût été très impolitique de présenter d'abord un projet dont l'exécution devait comporter des dépenses que la province n'eût certainement pas consenti à faire. C'eût été rallier aux prétentions d'Abbeville tous les esprits sages, étrangers aux petits intérêts de localité, qui, avant de s'engager dans une dépense, veulent se rendre compte du résultat qu'on en peut obtenir. A notre sens, l'adroit ingénieur opérait alors comme l'ont fait et le font souvent ses successeurs; il amorçait le gouvernement, il l'engageait dans une voie que, tôt ou tard, il serait contraint de prendre. On s'explique ainsi les incertitudes qu'avait laissées M. Delatouche sur ses vues ultérieures; car on ne peut supposer qu'il n'ait pas prévu que, donner à la Somme un lit artificiel aussi vaste, c'était l'exposer à être infailliblement encombré par les sables à son embouchure.

On voit, dans le mémoire sur les ponts et chaussées, publié en 1790 par M. de la Millière, que les travaux exécutés à cette époque entre Abbeville et Saint-Valery avaient coûté 330,000 liv. Ils devaient, suivant les projets, dit l'auteur, se monter à 931,000 ; mais les événemens inséparables des ouvrages de ce genre, et surtout de ceux dont il s'agit, qui s'exécutent dans des sables, les porteront vraisemblablement plus haut. Alors comme depuis, malgré l'habileté des ingénieurs et leurs savans devis et détails, on se trouvait engagé dans des dépenses incalculables, qui, depuis 1790, ont plus que sextuplé les prévisions premières.

M. de Lamblardie fut appelé, en 1791, dans le département de la Somme, aux fonctions d'ingénieur en chef. L'auteur du mémoire sur les côtes de la Haute-Normandie et sur la cause de la production des galets, savait mieux que tout autre qu'il était impossible à tous les efforts humains, à toute la puissance de l'art, de vaincre les obstacles naturels qu'il a si savamment et si clairement décrits ; mais il ne dépendait plus de lui de changer l'état des choses ; le canal était tracé, une partie était creusée, c'était un ouvrage à continuer ; il dut donc se borner à rechercher les moyens de corriger une partie de ses défauts, et de retirer de cette conception le meilleur parti qu'on en pût obtenir.

« Pénétré, dit M. *Girard* [1], de la haute im-
« portance des opérations qu'il aurait à diriger,

----

[1] Renseignemens utiles. Chap. Ier.

« unissant d'ailleurs à la connaissance parfaite des
« localités une théorie sûre et une expérience con-
« sommée, il s'occupa d'abord de ce qu'on avait
« omis de faire, c'est-à-dire de poser les conditions
« fondamentales auxquelles il fallait s'assujétir
« dans la rédaction du projet général de naviga-
« tion intérieure du département, afin d'obtenir,
« par l'emploi des moyens les plus efficaces, les
« résultats les plus utiles.

« La discussion de ces conditions et l'exposé
« de ce projet général sont la matière de son ex-
« cellent mémoire du 28 février 1793. M. Lam-
« blardie y montre comment les causes naturelles
« qui ont amené et qui maintiennent l'embouchure
« de la Somme à l'état où nous la voyons, *sont au*
« *dessus de tous les efforts humains ;* il en conclut
« l'indispensable nécessité de soustraire à l'action
« de ces causes, non seulement l'embouchure ar-
« tificielle qu'il faut ouvrir à ce fleuve, mais en-
« core le canal navigable que ses eaux doivent
« alimenter, et à cette occasion il rappelle l'idée
« qu'avait eue, en 1740, M. François Gatte, né-
« gociant d'Abbeville, de le faire déboucher dans
« la mer au lieu nommé le Hable d'Ault, entre
« l'extrémité des Falaises de la Haute-Normandie
« et l'embouchure actuelle de la Somme.

« M. Lamblardie proposait d'arriver à peu près

« au même point de la côte, mais par un autre che-
« min. Au lieu de prolonger le canal déjà exécuté,
« en suivant le vallon où coule le ruisseau *d'Am-*
« *boise*, et en laissant Saint-Valery sur la droite, il
« laissait cette ville sur la gauche, doublait le cap
« Cornu, pénétrait dans les bas champs de Lanchè-
« res et d'Onival qui ont été conquis sur la mer à
« différentes époques, et qui sont aujourd'hui pré-
« servés de ses irruptions par des digues. Enfin il
« établissait un nouveau port entre le *Perroir* et le
« *hable d'Ault.*

« Les rivières sont des voies ouvertes par la na-
« ture pour l'écoulement des eaux de pluie et le
« desséchement des contrées qu'elles traversent.
« Plus cet écoulement est rapide, mieux les rivières
« semblent remplir cette première destination, mais
« aussi plus elles opposent d'obstacles à la naviga-
« tion à laquelle on veut les faire servir. Les ca-
« naux artificiels au contraire doivent être remplis
« d'une eau tranquille, afin de pouvoir être en quel-
« que sorte régis à volonté, et parcourus aussi fa-
« cilement dans un sens que dans le sens opposé.

« Partant de cette destination, et l'appliquant à la
« partie inférieure de la vallée de Somme entre Ab-
« beville et la mer, l'habile ingénieur dont nous rap-
« pelons ici un des plus beaux mémoires, recevait la
« partie des eaux de cette rivière qui ne servait point

« à entretenir le nouveau canal de navigation, dans
« un large contre-fossé ouvert sur la rive droite de ce
« canal, et parallèlement à sa direction. Ce contre-
« fossé, débouchant dans le port du hable d'Ault,
« aurait été fermé, à marée haute, par des portes de
« flots qui se seraient ouvertes à marée basse pour
« laisser un libre écoulement aux eaux de la rivière.

« Celles du canal auraient été soutenues constam-
« ment au niveau des plus hautes mers, de manière
« à pouvoir faire remonter par ce canal jusqu'à Saint-
« Valery des navires de cinq mètres de tirant d'eau,
« jusqu'à Abbeville des navires de trois mètres à
« trois mètres et demi, et enfin jusqu'à Amiens des
« bâtimens de deux mètres à deux mètres et demi
« seulement; car, suivant le vœu que les négocians
« du département de la Somme avaient émis, Lam-
« blardie les faisait participer aux avantages directs
« du commerce maritime, en faisant remonter les
« bâtimens de mer le plus haut possible dans le pays.

« Quant à l'introduction de ces bâtimens, de l'in-
« térieur du port, où ils auraient abordé, dans le
« nouveau canal, elle s'opérait au moyen d'une
« écluse à sas établie à l'embouchure de ce canal
« dans le port; moyen simple et naturel d'entretenir
« entre l'un et l'autre une communication presque
« continuelle, en réglant convenablement dans l'in-
« tervalle d'une marée à l'autre, l'ordre de passage

(19)

« des bâtimens, suivant leurs tirans d'eau respectifs.

« Le projet de Lamblardie présente un ensemble
« de travaux parfaitement appropriés aux localités,
« et tel que les besoins du commerce le plus actif
« auraient pu le réclamer. Mais si l'on se reporte à
« l'époque où ce projet fut rédigé, et aux années qui
« la suivirent, on concevra sans peine l'impossibi-
« lité d'en entreprendre l'exécution complète. Son
« auteur sentait bien lui-même qu'il ne pouvait alors
« autre chose qu'en poser les premières bases, et ja-
« lonner, pour ainsi dire, le chemin qu'il fallait suivre
« pour arriver plus tard à l'exécution de toutes ses
« parties; il savait bien que dans les circonstances
« où l'on se trouvait, le mieux possible était de tirer
« le plus prompt et le meilleur parti des ouvrages
« déjà faits, et qu'il fallait de nécessité se borner à
« utiliser le canal d'Abbeville à Saint-Valery, tel
« qu'il l'avait trouvé exécuté.

« En conséquence il proposa de construire à la
« tête de ce canal, sous la falaise du *Moulenel*, une
« écluse à sas semblable à celle dont il avait indiqué
« l'emplacement au port du *hable d'Ault*; immé-
« diatement au dessus de cette écluse, le canal au-
« rait conservé quatre ou cinq mètres de profondeur,
« et aurait formé un long bief jusqu'à Abbeville, où
« seraient remontés des navires de neuf à dix pieds
« de tirant d'eau, comme ceux qui remontent aujour-

« d'hui du Havre à Rouen. Il ajoutait à ce sas, mais
« seulement comme ouvrages accessoires, d'abord
« une écluse à clapet à la tête du contre-fossé où
« sont reçus depuis long-temps les ruisseaux de
« Gouiet d'Amboise, ensuite une écluse de chasse
« dont il plaçait la retenue entre les falaises de *Pin-*
« *chefalise* et du *Moutenel*, sur la rive gauche du
« canal. »

Nous regrettons que M. Girard ne développe
pas, dans le mémoire dont nous venons d'extraire
cet utile fragment, le seul bon projet qui, selon
nous, ait été, après celui de Lamblardie, présenté
pour l'amélioration du port de Saint-Valery, et
pour tirer du canal le parti le plus avantageux. La
modestie de cet habile ingénieur nous eût privés
de la connaissance de son œuvre, si la notice
sur la baie de Somme publiée par la compagnie
Sartoris ne nous l'eût fait connaître. Il advint pour
ce projet ce qui arrive trop souvent pour les choses
utiles, il fut oublié, et ne paraît avoir donné lieu
à aucune décision. C'était bien le cas, ce nous
semble, de le mettre à exécution, quand, en 1804,
le conseil des ponts et chaussées, adoptant les
observations et les propositions de son rapporteur,
arrêta l'établissement à la tête du canal, d'une
écluse à sas capable de livrer passage aux plus
grandes corvettes, de fixer la largeur de cette

écluse à onze mètres , enfin de donner huit mètres de débouché à une écluse de chasse.

Cette décision, qui assurait l'établissement de l'écluse à sas que Lamblardie avait projetée pour fermer la tête du canal, et qui concordait aussi avec le plan de M. Girard, fut suivie d'un commencement d'exécution; mais M. Tarbé de Vauxclair, inspecteur divisionnaire, venu en 1807 visiter ce travail, jugea à propos de corriger les projets de Lamblardie, de M. Sganzin et de M. Girard, en substituant *un barrage éclusé* à l'écluse à sas que ceux-ci avaient proposée. Le conseil des ponts et chaussées approuva, le 15 mai 1811, ce nouveau projet, qui détruisait celui qu'il avait approuvé sept ans auparavant. *Tempora mutant, et nos mutamus cum illis.*

Ce fameux barrage éclusé a été exécuté conformément au plan de son auteur. Voici le résultat, que nous ne pouvons mieux faire connaître qu'en copiant la description qu'en donne l'auteur des renseignemens utiles auxquels nous avons fait un premier emprunt :

« Il faut savoir d'abord que, suivant le projet de M. l'Inspecteur divisionnaire, les eaux devaient être constamment soutenues dans le canal à deux mètres et demi de hauteur au dessus des basses mers de vive eau.

« Il ne peut donc y avoir de communication entre l'extérieur et l'intérieur du canal, qu'au moment où la mer se trouve précisément élevée contre le barrage à la hauteur d'environ deux mètres et demi, ce qui ne peut avoir lieu que pendant quelques minutes quatre fois en vingt-quatre heures. Or, les hautes mers de vive eau s'élèvent, à Saint-Valery sur Somme, de cinq mètres trente-cinq centimètres au dessus du fond du canal.

« Les hautes mers de morte eau, s'y élèvent à deux mètres trente-cinq centimètres seulement Il y a donc une différence de trois mètres entre ces hautes mers et celles de vive eau, différence qu diminue graduellement dans l'intervalle d'une zyzigie à la quadrature suivante.

« Si donc, soutenant les eaux dans le canal à l; hauteur des marées ordinaires de vive eau, on eù placé à son embouchure, non pas un simple *bouchis* ou un barrage éclusé, mais un sas ordinaire, suivant le projet de M. Lamblardie et les proposi tions de MM. *Sganzin* et *Sambucy*, on aurait pu introduire dans le canal pendant douze heures sur vingt-quatre, des navires dont le tirant d'eau aurait pu s'accroître, dans une période de sept jours, de deux mètres à cinq mètres, tandis que le barrage éclusé permet à peine l'introduction de bateaux de deux mètres vingt centimètres de tirant d'eau, et cela pendant un intervalle de temps à peine sensible dans la durée d'un jour.

« Ces constructions dispendieuses, projetées avec tant de présomption, approuvées avec tant de confiance, sont à peine achevées, qu'on reconnaît qu'elles ne peuvent satisfaire à la première de toutes les conditions qu'elles devraient essentiellement remplir, *celle d'établir, entre le port de Saint-Valery et le canal jusqu'à Abbeville, une communication qui soit praticable le plus long-temps possible chaque jour pour les bâtimens du plus fort tonnage.* Peut-être, dans d'autres circonstances, eût-on rejeté sur le défaut de commerce de la baie de Somme, le peu de parti qu'on aurait tiré de ce canal, quand en effet les ouvrages exécutés à son embouchure en auraient seuls interdit l'entrée. Peu accoutumé à des méprises qui lui sont étrangères, l'intérêt particulier va droit au but, et s'explique avec plus de franchise : « Les concessionnaires du canal doivent « partager avec le gouvernement, pendant cin- « quante ans après l'amortissement des capitaux « qu'ils auront fournis, les produits du péage « dont la loi du 5 août 1821 a fixé le tarif. » Pouvaient-ils manquer de s'apercevoir que par la construction du barrage éclusé, ces droits se trouveront pour ainsi dire réduits à rien entre

Saint-Valery et Abbeville, puisqu'il ne pourrait être introduit dans le canal que de petits bâtimens de deux mètres environ de tirant d'eau, pendant quelques minutes seulement en 24 heures? Pouvaient-ils manquer de reconnaître l'indispensable nécessité d'un sas, pour faire monter à volonté les navires du port dans le canal, ou les faire descendre du canal dans le port? *Pouvaient-ils voir autre chose dans le barrage éclusé, qu'un édifice à plusieurs étages qu'on a laissé dépourvu d'escaliers?* Ne demanderont-ils pas que l'on procède sans retard à réparer cette grave omission? Et, il faut en convenir, jamais réclamation ne sera mieux fondée, nous ne dirons pas seulement dans l'intérêt de la compagnie, mais encore dans l'intérêt commun du gouvernement et du commerce de la contrée. Aussi paraît-il déjà certain qu'il sera accordé sur le budget des ponts et chaussées une somme de 600,000 fr. en supplément du million de dépenses. »

Nous ne savons pas quelle somme fut allouée pour obvier à une partie des inconvéniens si clairement définis par l'habile ingénieur; mais un événement qu'on aurait dû prévoir rendit urgentes quelques innovations [1]. Une avarie très inquiétante

---

[1] Nous avons puisé nos documens sur ce fait dans l'histoire de la navigation intérieure et dans le mémoire de M. Bellanger.

s'était manifestée au barrage, dès qu'il fut achevé ;
il fut reconnu que lorsqu'on soutenait les eaux à
quelque hauteur du côté d'amont, et qu'on les te-
nait basses de l'autre côté, les eaux supérieures
se faisaient un passage sous les fondations, sans
doute au travers des sables, et agissaient sous le
faux radier d'aval au point de le soulever d'une
manière très sensible. On conçoit qu'il était très
urgent de ne pas différer les mesures qui devaient
préserver d'une destruction imminente un ouvrage qui venait de coûter un million, et celles qui
réduiraient le volume des eaux au poids que le
barrage pouvait supporter. On décida donc qu'il
serait construit un deuxième barrage à 250 mètres
en amont du premier. Ce second barrage, dit
M. Dutens, qui avait l'avantage de dissiper les
craintes que la nature du sol avait fait concevoir
pour la stabilité du premier, en partageant avec
lui la charge d'eau qu'il devait seul soutenir, avait
surtout pour objet de former un grand sas, au
moyen duquel la communication serait assurée
pour les bateaux, en tout temps et tous les jours,
entre le port et le canal. Cette imparfaite imitation
du sas proposé par MM. Lamblardie, Girard et
autres, a procuré une partie des avantages qu'on
avait lieu d'en attendre, c'est-à-dire que le barrage éclusé opère ce qu'eût fait l'écluse à sas, *qui*

n'eût pas, il est vrai, servi à la décharge de la rivière dans le port. Les bateaux de rivière qui ne peuvent, sans inconvéniens très graves, poser à sec sur un fond dur, sont à flot dans ce bassin, et peuvent y recevoir leurs chargemens. Mais les inconvéniens si bien décrits sur les difficultés de communiquer du port dans le canal subsistent.

Que peut-on objecter à l'évidence de faits si bien exposés par un critique aussi expert en la matière? L'expérience a confirmé et justifie de plus en plus ses prévisions. Il faut nécessairement, indispensablement, que la mer s'élève ou que son élévation se réduise à la hauteur des eaux du canal, pour que des bâtimens d'un tirant d'eau de deux mètres environ profitent, soit en montant soit en descendant, de quelques minutes pour passer par les pertuis, ce qui ne peut encore s'effectuer que quand la mer s'élève à la hauteur de l'eau du canal; or la mer, dont la hauteur moyenne en vive eau est de quatre mètres quatre-vingt-dix-huit centimètres, n'est aussi moyennement, en morte eau, que de deux mètres vingt-cinq centimètres au dessus du busc du barrage. Il est donc démontré que si le maximum de la hauteur à laquelle on puisse élever les eaux dans le canal est de trois mètres, il ne peut passer sur les radiers

que des bâtimens de moins de trois mètres de tirant d'eau, pendant quatre ou cinq jours de chaque
mois , et en morte eau qu'il ne peut en passer que
de deux mètres au plus.

MM. Lamblardie, Girard, Sganzin , etc.,
avaient repoussé du projet de M. Delatouche,
celui de faire couler dans le canal toutes les eaux
de la Somme; ils avaient senti les graves inconvéniens qu'il y aurait d'entretenir un cours d'eau
en un lit creusé dans un sol sablonneux et tour-
beux , qu'un mouvement continu affouillerait sans
cesse, et occasionerait par conséquent de dispendieux entretiens, qui, déjà importans, doivent encore s'augmenter. L'un faisait couler la rivière
dans un contre-fossé, l'autre n'empruntait à la rivière que l'eau nécessaire pour alimenter le canal,
et laissait la Somme dans son lit naturel. Plus
instruits que leurs camarades sur les effets du flux
et du reflux de la mer, ils n'avaient pas cru, comme
eux, que la rivière suffirait pour entretenir dans
le port de Saint-Valery une profondeur d'eau suf-
fisante *pour l'arrivage* des bâtimens de commerce,
erreur fondamentale de leur système. Certes, ces
praticiens si expérimentés n'auraient pas compté
sur l'efficacité d'une herse pour déplacer des sables, pour y creuser dans une étendue de plus
de 5000 mètres un chenal à travers des bancs que

le flot ne baigne pas en morte eau, et qu'il ne couvre que de quelques pieds en vives eaux. C'était bien dans ce cas, que ces savans, mûris par l'expérience, reconnaissaient que les causes qui maintiennent l'embouchure de la Somme dans l'état où elle est, sont décidément au dessus des efforts humains.

Il paraît que la Commission des ponts et chaussées avait entrevu, mais sans s'y arrêter, qu'il pourrait naître de ces obstacles contre lesquels échoueraient tous les efforts humains. « Plus « tard, dit ingénuement le rapport, *on* pourra se « reporter entre Cayeux et le bourg d'Ault, ou, « si la baie de Somme s'est déjà convertie, comme « elle doit le faire à une époque plus ou moins « éloignée, en un sol *abordable*, on pourra pro- « longer le canal et placer son embouchure vers « la pointe du Hourdel; *ainsi, la disposition adop-* « *tée se concilie avec tout projet ultérieur.* » Voilà les remèdes que l'on se réserve d'appliquer en cas d'insuccès! Ainsi l'on continuera à marcher en tâtonnant d'essais en essais. La disposition adoptée *se conciliant avec tout projet ultérieur,* l'un imaginera de créer dès à présent un port à la pointe du Hourdel, et essaiera de creuser un lit à la Somme dans une étendue de 5200 mètres, quoique les sables qui s'accroissent, il est vrai, sensiblement, ne soient pas encore convertis en sol *abordable*; mais l'on s'apercevra qu'à quatre cents mètres du barrage éclusé, les eaux, au lieu de suivre le chemin du Hourdel, s'épanchent sur le Crotoi, que le port du Hourdel s'encombrant à son entrée par un poulier qui s'y forme, va se clore; alors on entreprendra d'aider l'action des eaux par un creusement à la bêche, alors on proposera de faire au Hourdel une écluse de chasse pour nettoyer le port : avec le temps, de la patience et toujours beaucoup d'argent, on vient à bout de tout. Cependant ce projet d'un port au Hourdel qui n'était pas venu à la pensée des Lamblardie, des Sganzin, des Girard, ne séduisit pas M. Belu, ingénieur en chef, directeur actuel du canal, qui, voulant remédier, dit M. Dutens, aux imperfections reprochées à l'embouchure de Saint-Valery, en proposa une plus commode dans un lieu où les vaisseaux trouveraient un mouillage plus profond et plus sûr.

Suivant les indications de M. Belu et le tracé qu'il présentait, le nouveau canal projeté s'embrancherait sur le grand canal d'Abbeville à Saint-Valery, à environ six cents mètres au dessus du barrage éclusé; il suivrait la vallée d'Amboise, et aboutirait sur la plage près le bourg d'Ault, où la profondeur d'eau est de 7 mètres 70 centimètres à basse mer. La longueur du canal serait d'environ 17 mille mètres, il aurait le même tirant d'eau, de 3 mètres 25 centimètres, et les mêmes dimensions que le canal d'Abbeville à Saint-Valery. Vers l'extrémité du canal, il serait établi un port de commerce, un avant-port, et des bassins de retenue pour opérer des chasses.

La dépense était évaluée à *quinze millions;* et si l'on voulait faire de ce port un port militaire et propre à recevoir des bâtimens de long cours, à 20 *millions.*

Ce projet, comme on le voit, n'est, à quelques modifications près, que celui de Lamblardie, ce qui, à notre sens, eût dû suffire pour lui obtenir plus d'attention et de faveur que ne paraît lui avoir accordée le Conseil des ponts et chaussées. Mais l'idée neuve de la création d'un port à la pointe du Hourdel venait de surgir; on crut que, sans autant de dépense, il serait facile, en secondant un effet naturel qu'on doit attendre de l'exécution de ce projet, de procurer au canal une nouvelle embouchure, qui *provisoirement* présenterait, *à peu de chose près*, les avantages qu'on voudrait obtenir par celle que proposait M. Bélu. En effet [1], on promettait que *du moment où* les

____

[1] Histoire de la navigation intérieure.

eaux de la Somme seraient introduites dans le canal et qu'elles déboucheraient par le barrage éclusé, elles s'y ouvriraient un nouveau lit *qu'avec quelque soin et très peu de frais on pourra aisément diriger vers la pointe du Hourdel, et qu'enfin elles formeront un chenal suffisamment large et profond pour que les bâtimens de mer de 2 à 300 tonneaux arrivent sans obstacle et sans danger pendant vingt jours au moins de chaque mois à l'embouchure du canal.*

C'est sur de telles espérances que le conseil des ponts et chaussées adopta *l'idée neuve* échappée au génie de ses plus célèbres ingénieurs. Le résultat a-t-il jusqu'à présent répondu aux promesses ? Quel désappointement, hélas ! Toutes les eaux du canal débouchent bien par le barrage ; elles coulent dans le chenal qu'elles ont approfondi jusqu'à 400 mètres de distance ; mais là, perdant leur force, ne pouvant franchir l'énorme banc qu'il faudrait traverser, elles s'épanchent brusquement à droite, et vont suivant la pente qui les entraîne vers le Crotoi, où le niveau des eaux, à mer basse, est à 1 mètre 90 centimètres au dessous du point zéro du barrage. Mais avec quelques soins et très peu de frais, a-t-on dit, le cours vagabond des eaux se redressera. On voit bien aujourd'hui que c'est se bercer d'une chimère, que ce ńe sera jamais avec les puériles essais de herses que l'on traîne pour mouvoir le sable et le faire enlever par le courant; ce ne sera pas même par des fouilles à la bêche, qu'on parviendra à former et à entretenir un chenal : la mer qui, deux fois en 24 heures, couvrira ces ouvrages, les comblera, les nivellera par son action de flux et de reflux. Mais parvînt-on à creuser ce chenal *sous-marin* de manière à ce qu'il contînt toutes les eaux, peut-on sérieusement s'arrêter à la pensée que ce lit artificiel sera plus garanti que le lit naturel, des ensablemens, et que les eaux entraînées par une pente aussi considérable vers la droite, ne s'y porteront pas dès qu'elles seront repoussées par le moindre obstacle? Enfin, n'est-ce pas effectuer la faute qu'on imputait à M. Delatouche, et que chaque ingénieur a cherché à prévenir par des écluses et des barrages?

Telle est l'analyse des principaux projets auxquels a donné lieu le canal de la Basse-Somme. Notre exposé prouve ce que nous avons dit en commençant, que si la volonté de maintenir le canal sur la gauche de la vallée, fut immuable, aucune entreprise n'a éprouvé dans son exécution plus de changemens, n'a donné lieu à des plans si nombreux, à des décisions si diverses, si contradictoires, et dont le résultat en définitif soit aussi déplorable. C'est ce que nous allons exposer, en ajoutant quelques développemens à ce que contiennent nos observations sur le canal de la Basse-Somme, et en présentant le tableau de la navigation et du commerce qui se fait par les ports de Saint-Valery, du Crotoi et d'Abbeville.

Dans la description que nous avons faite de l'état des ports de Saint-Valery et du Crotoi, nous avons démontré les différences de profondeur, en vive eau et en morte eau, qui existent entre les deux côtés de la baie. Nous ne connaissions pas alors les observations de *M. Bellanger*, ingénieur des ponts et chaussées ; on verra que loin d'avoir diminué, nous avons élevé au dessus de ce qu'elles sont réellement, les hauteurs des marées dans le port de Saint-Valery. M. Bellanger a rapporté les divers degrés d'élévation de la pleine mer dans la baie de Somme, au point zéro de l'échelle établie pour cet effet au niveau du busc du barrage éclusé. Ses observations sur 50 marées consécutives de vive eau lui donnent un maximum de 6 mètres 36 centimètres, un minimum de 3 mètres 92 centimètres, et une moyenne de 4 mètres 98 centimètres ; le même nombre de marées de morte eau lui donnent pour maximum 3 mètres, pour minimum 1 mètre 50 centimètres, et pour moyenne 2 mètres 35 centimètres. Telle est la

profondeur pour le mouillage au port de la Ferté,
et pour l'entrée dans le canal, au barrage éclusé.
Mais cette élévation d'eau est bien différente dans
le chenal qu'il faut nécessairement suivre pour
se rendre de l'embouchure de la Somme au port
de Saint-Valery.

« Les navires venant de la mer, dit M. Bellan-
« ger, entrent dans la baie avec la marée, *et se
« rendent généralement au Crotoi, quelle que
« soit leur destination,* parce que c'est de ce côté
« que se trouve la plus grande profondeur d'eau.
« Elle est telle, que, même dans les moindres
« marées de morte eau, des navires tirant 3 mètres
« d'eau peuvent y arriver quand le vent est con-
« venable, et que les bâtimens marchands du plus
« fort tonnage peuvent y parvenir dans la plupart
« des marées moyennes.

« Du Crotoi, pour se rendre à Saint-Valery,
« les navires sont obligés d'attendre des circon-
« stances favorables; encore faut-il, si leur tirant
« excède certaines limites, qu'ils soient allégés
« préalablement d'une partie de leur chargement.

« En effet, le point culminant de la barre qui
« sépare le Crotoi du port de la Ferté près de
« Saint-Valery, est à environ 1 mètre 20 centi-
« mètres au dessus du zéro de l'échelle [1].

[1] Le point culminant de cette barre n'était en effet que de

On doit conclure de ce fait, que la hauteur moyenne des marées de vive eau n'étant que de 4 mètres 98 centimètres, et la réduisant de 1 mètre 20 centimètres, élévation de la barre qu'il faut nécessairement franchir, il ne reste que 3 mètres 78 centimètres; et que, dans les marées de morte eau, la hauteur moyenne qui n'est que de 2 mètres 35 centimètres, réduite de 1 mètre 20 centimètres, il n'y reste plus que 1 mètre 15 centimètres pour la navigation. Un bâtiment de 100 à 150 tonneaux au plus peut, favorisé par le vent, gagner le port de la Ferté dans quelques unes des marées de vive eau; mais généralement, il ne faut calculer que sur un tirant d'eau de 3 mètres qui correspond à un tonnage d'environ 90 tonneaux. En morte eau, on peut calculer ce que doit être le tonnage d'un bâtiment sur une hauteur d'eau de 1 mètre 15 centimètres.

On peut, d'après cet exposé, prononcer quelle serait la navigation dans la baie de la Somme, si elle ne pouvait désormais se faire que par le seul port de Saint-Valery : elle s'opérerait par des navires d'un tonnage inférieur à 100 tonneaux, et, comme aujourd'hui, le plus communément, par

---

1 mètre 20 centimètres au dessus du zéro de l'échelle du barrage éclusé, à l'époque où M. Bellanger l'avait constaté; il s'est élevé depuis, et il dépasse aujourd'hui 1 mètre 50 centimètres.

des embarcations de 30 à 40 tonneaux : l'accès de la baie, par conséquent, serait fermé à tout arrivage des bâtimens de long cours. Mais on prétend, comme nous l'avons dit, obvier à ce grave inconvénient par la création du port du Hourdel, et par le lit artificiel que l'on entreprend de creuser aux eaux du fleuve, depuis *la Ferté* jusqu'à la pointe. On espère que ce port pourra recevoir les navires du plus fort tonnage, et que, par le chenal qui, dit-on, sera formé *avec quelques soins et très peu de frais, Saint-Valery verra pendant vingt jours au moins de chaque mois, arriver les bâtimens de mer de 2 à 300 tonneaux.* Nous avons répondu à cette incroyable assertion, mais nous n'avons pas décrit ce fameux port du Hourdel, qui *provisoirement, et à peu de chose près,* doit *équivaloir aux avantages du port* que Lamblardie et d'après lui M. Bélu avaient projeté.

Le port du Hourdel est situé en l'amont et à l'abri de l'énorme banc de galet qui forme la pointe de cet attérissement progressif. Lorsqu'on fut convaincu que le port de Saint-Valery, malgré les chasses du barrage éclusé, ne pourrait jamais recevoir que des bâtimens du plus médiocre tonnage, on pensa au mouillage du Hourdel, où, depuis long-temps, les pêcheurs de Cayeux venaient échouer leurs barques, dans deux anses où ils trouvaient un abri contre les vagues. On aplanit les bancs inégaux de galets, pour en faire une sorte de quai, et on éleva en face une digue qui devait resserrer les eaux et former un port. Mais les eaux de la Somme, qui passent contre la pointe du Hourdel avec une extrême rapidité, jettent à chaque marée, dans ce prétendu port, une partie des sables qu'elles charrient. Déjà ces alluvions forment une barre, qu'on s'est efforcé de détruire et qu'on n'est parvenu qu'à déplacer. Ce n'est pas tout : les galets qu'une puissance indomptable porte continuellement à la pointe qu'ils prolongent, ferment déjà la moitié de l'entrée du port, et le cloront infailliblement bientôt, à moins, que par de coûteux travaux, par exemple, par une écluse de chasse établie en tête d'une retenue au sud, et qu'on ne pourrait alimenter que par l'eau de la mer, on ne déblaie les encombremens [1]. Mais

[1] D'après les avis qui nous parviennent, il paraîtrait qu'on prépare de nouveaux travaux pour continuer les infructueux essais qu'on a faits jusqu'alors au Hourdel. L'emplacement d'un bassin de retenue est marqué dans la petite anse. La terre grasse et visqueuse qu'on tirera de l'excavation dont on a sondé la profondeur, sera, dit-on, appliquée contre les galets, afin de les fixer, d'en empêcher l'éboulement, et d'arrêter l'infiltration des eaux. On ne suppose pas que l'on prétende ne faire ainsi qu'un mur en pisé, pour braver l'effort des vagues; mais on doit présumer qu'après avoir fait cette première opération, on procédera

parvînt-on, ce qu'on ne peut supposer, à obtenir des Chambres un subside pour une aussi extravagante entreprise, quelques années suffiraient pour démontrer l'insuffisance et l'inutilité du travail, puisqu'à l'endroit où cesserait l'action des chasses, il se formerait de nouveaux attérissemens. Nous répéterons ici ce que nous avons dit : L'anse dont on a voulu faire un port est destinée à être remplie et

à la construction d'un quai en charpente ou en pierre, qui servira de revêtement, de soutien, de bandage à cette application préservative. C'est ainsi qu'on amorce, qu'on engage : on présente d'abord une dépense médiocre, on la fait; des inconvéniens se présentent, il y faut pourvoir; on fait du provisoire, il faut du définitif, du complet; bientôt on a décuplé, centuplé, d'essais en essais, de perfectionnemens en perfectionnemens, le montant d'un devis primitif. Vainement la voix de l'expérience s'élève-t-elle contre de si folles entreprises, vainement les Lamblardie, les Girard et tant d'autres ont proclamé l'impossibilité d'arrêter l'accroissement et l'avancement du banc de galets; vainement, depuis deux ans, la pointe de ce banc a avancé de dix toises au moins *en avant du premier pieu planté à cette époque* : on persiste à exécuter le projet, et l'inépuisable trésor public......
paie, parce que l'article figure au budget, ou plutôt parce qu'il est compris dans le chapitre *de l'entretien des ports, ou dans celui de l'achèvement des canaux,* tout ce qui dépend des travaux du canal de la Basse-Somme étant de nature à se rattacher à.... ce que l'on veut. Car ce qu'on entend, *en travaux publics, par spécialité,* n'est réellement patent que par l'apposition des affiches; mais le budget de l'État ne contient que des généralités, vaste carrière où l'administration exploite à son gré.

comblée par les alluvions, à fur et mesure de l'accroissement inévitable du banc de galets; le mouillage ne sera pas plus stationnaire que la pointe qui lui servira d'abri; l'*anse* se comblera, et, pour nous servir de l'expression admise par le Conseil des ponts et chaussées, elle deviendra *abordable.....* ce qui veut dire qu'elle sera *à sec*.

La première condition pour un port, est que les bâtimens puissent y entrer et en sortir avec facilité, qu'ils y trouvent un abri contre les vents et les vagues, et que ne pouvant flotter, ils trouvent, à basse mer, un fond sur lequel leur carène ne soit pas exposée à fatiguer et à s'endommager. Le port du Hourdel réunit-il ces avantages?

Ouvert au N.-E., il est accessible par tous les vents, *sauf toutefois par celui du sud-ouest,* qui règne, il est vrai, pendant une grande partie de l'année. Les bâtimens qui entrent dans la baie sont, par ces vents et par le courant, portés directement sur le Crotoi. L'anse est garantie des vagues du large par la Pointe, mais rien ne préserve les bâtimens qui, en haute mer, flottent à la hauteur des galets, du plein effet des coups de vent qui fatiguent et déchirent leur gréement, et les maintiennent dans un roulis fort incommode. Il n'y aurait d'autre moyen d'abri sur cette plage, que des édifices élevés, et jusqu'alors l'établissement consiste en une seule cabane, manoir de l'unique habitant de ce rivage. Les incommodités du Hourdel, où l'on ne trouve aucune ressource et où l'on est privé de la plus essentielle, l'eau douce, rendront toujours inutile tout ce qu'on tentera d'y faire. Ce ne sera pas en face du Crotoi, qu'il peut atteindre plus facilement, plus promptement, et où son navire reposera sur un fond de vase, qu'un capitaine viendra, de préférence, mouiller au Hourdel sur un gîte de galets. Qu'oppose-t-on à des faits si évidens? Laissez faire, nous dit-on, laissez-nous terminer notre entreprise, et ne vous pressez pas de la juger avant d'en avoir vu le résultat. Telle fut toujours la même réponse à toutes les objections qui ont été faites dans le cours des travaux. On a attendu, on attend toujours, et en attendant, rien, absolument rien ne fait entrevoir l'apparence d'un succès; il n'y a que les fonds du trésor qui vont se perdre dans ce gouffre. Aucun des obstacles de la navigation n'a diminué; au contraire, ils se sont compliqués; le port du Hourdel n'a pas été plus fréquenté, celui de Saint-Valery n'est pas devenu plus accessible; et la Somme détournée du lit, où elle coulait de temps immémorial, voit son vieux chenal s'envaser de manière à devenir impraticable, si l'on était contraint de l'y ramener dans quelques années; le flux retenu par le barrage de *Sur-Somme* ne se fait plus sentir à Abbeville; les navires sont obligés de s'arrêter et de mouiller en deçà *du Pont-Neuf*, près duquel ils stationnaient; bientôt il faudra qu'ils mouillent plus bas. Qu'adviendra-t-il si tous les essais sont infructueux, si l'on ne parvient pas , comme on l'espère, à retenir et fixer les eaux de la Somme dans le chenal qu'on veut leur creuser jusqu'au Hourdel, et si, suivant la pente naturelle, elles continuent à s'épancher en amont du Crotoi, vers *Morlais?* La navigation qui avait deux voies, sera réduite, comme elle l'est à présent, à franchir la barre entre le Crotoi et Saint-Valery, pour gagner l'ouverture du canal, dont le barrage éclusé est si commode, comme on le sait, pour l'entrée et la sortie des bâtimens de tout tonnage [1]. Ainsi l'ac-

---

[1] Si nous ajoutons foi aux rapports qui nous ont été faits, il paraîtrait que c'est à M. de Montalivet, alors directeur général des ponts et chaussées , que l'on doit que les pertuis du barrage ne soient pas plus étroits; des avis qui lui parvinrent directement sur le projet qu'on paraissait avoir de les réduire à des dimensions qui ne premissent le passage qu'à de faibles embarcations, le déterminèrent à vérifier les faits , et il donna des ordres pour que les ouvertures permissent aux bâtimens de cent tonneaux d'y passer. Mais en prescrivant cette disposition, qui fut exécutée, il ne fixa point la hauteur à laquelle serait placé le radier, qui fut beaucoup trop élevé : en sorte que les pertuis étaient assez larges, mais les seuils étaient trop hauts. On nous

cès d'Abbeville qui, par la rivière, était facile en vives eaux à des navires de 90 à 100 tonneaux, qui l'atteignaient souvent en une marée sans malencontre et sans frais, n'est plus praticable qu'à des bâtimens dont le tirant d'eau est réglé par l'élévation du radier du barrage. Que le canal nécessite des réparations, que la gelée le rende impraticable, les communications sont rompues avec Abbeville, qui, par la rivière, communiquait toujours avec la mer. Ces inconvéniens élèvent chaque jour de nouvelles plaintes; si on les rejeta jusqu'alors, elles finiront par être entendues, par être comprises, parce que la presse et la tribune, dans un gouvernement comme le nôtre, requièrent et obtiennent justice. On renverra les doléances à l'administration, qui ne pourra persister dans un parti si évidemment contraire au bon sens. Alors, qu'on n'en doute pas, le Conseil des ponts et chaussées s'occupera du projet de M. Bélu, ou plutôt de celui de Lamblardie; il en proposera l'adoption, et après avoir dépensé, en pure perte, tant de millions, il démontrera qu'il faut encore en ajouter une vingtaine pour ne pas perdre tant d'argent prodigué, et pour tirer enfin un utile parti du ca-

a cité (mais nous n'y croyons pas) jusqu'aux acteurs et auteurs de cette intrigue, dont le but était de paralyser le commerce et la navigation d'Abbeville.

nal de la Somme. C'est la manière de procéder
dans nos travaux publics, comme nous l'avons
déjà démontré. Il n'y a pas eu plus de responsabi
lité réelle pour la confection des canaux, qu'on
n'a voulu y admettre de surveillans. *Casimir Périer*
proposait pour les canaux une commission de
surveillance, le ministre lui répondit par un mauvais lazzi, et la chambre rejeta la proposition : on
en recueille aujourd'hui les fruits !

A l'aspect du tableau que nous venons de tra-
ccr, on serait porté à croire que si nos assertions
sont exactes, si nos conjectures sont fondées, on
ne peut réparer les fautes faites et les erreurs
commises depuis si long-temps, qu'en se résignant
à renoncer au canal. On aurait tort de nous supposer cette opinion; nous ne voulons pas l'abolition de ce grand ouvrage, mais nous demandons
qu'en le conservant on n'enlève pas à la droite
de la vallée de la Somme le cours des eaux,
dont elle est en possession de temps immémorial;
qu'on n'exproprie pas violemment, arbitrairement
une contrée des avantages que lui avait assurés la
nature : à cet égard, nous sommes d'accord avec
l'honorable M. Girard, qui, désirant ardemment
la prospérité de Saint-Valery, avait, dans son excellent projet, concilié les intérêts de cette localité
avec ceux du pays, et voulait que la Somme restât

dans son lit naturel; nous voulons , nous ne cesserons de le répéter, que Saint-Valery prospère,
mais non aux dépens d'Abbeville, et ce qui est encore plus , aux dépens de l'intérêt général.

Nous le répétons, nous ne voulons point la
ruine de ce port : loin de nous une si coupable
pensée ; mais nous voulons qu'on ne fasse pas
pour des améliorations chimériques, des entreprises hasardeuses, dont le plus habile ne peut
pas plus marquer le terme qu'assurer le succès ;
enfin nous ne cesserons de demander, de solliciter
avec instance qu'on veuille bien ne pas sacrifier les
avantages certains que présente le Crotoi, pour
courir après des illusions au Hourdel. Nous répéterons et nous démontrerons que le commerce des
départemens de la Somme , du Pas-de-Calais, de
l'Aisne , du Nord et de Paris y est intéressé, enfin
que le sort et la prospérité du canal de la Somme
en dépendent.

Nous avons décrit l'heureuse situation du Crotoi. On voit que depuis la Seine jusqu'à Dunkerque, c'est le point de la côte où la mer porte la plus
grande hauteur d'eau, puisqu'en sizigie elle s'élève
de 30 à 35 pieds , et en quadrature elle ne tombe
pas au dessous de 15 pieds. Son accès est facile
par les vents qui règnent le plus ordinairement
dans ces parages, et quand les vents sont contrai-

res, les bâtimens profitent de la faveur des cou-
rans, qui, portant avec une force extrême dans la
passe de l'ouest, viennent de la pointe du Hourdel battre la roche sur laquelle est édifié le Crotoi.
L'anse qui sert de port est garantie des vents de
nord et de nord-ouest ; elle le serait également des
vents de sud-ouest et d'ouest, si l'on approfondis-
sait l'excavation qu'on peut étendre autant qu'on
le voudrait derrière le parc aux huîtres, ce qu'on
pourrait faire avec la plus grande facilité dans un
sol composé de vase et d'argile. Plus on étendrait
le port vers le nord, plus il serait à l'abri de l'influence des vents du sud-ouest et d'ouest ; port
d'échouage, les bâtimens reposent sur un fond
excellent, où ils n'éprouvent aucune fatigue. Si
l'on voulait y former un bassin de flot, tout en
facilite la construction et en assure le succès. On
peut, pour le nettoyage du port, tirer le parti le
plus avantageux des eaux de la *Maie*, dont un
canal qui en est dérivé, débouche dans le port
même. Si l'on faisait passer toute la rivière dans ce
canal, on rendrait un important service à l'agriculture, parce qu'on assainirait, on dessécherait une
grande superficie inondée par les eaux retenues
à leur embouchure par des attérissemens, et qu'on
rendrait à l'agriculture des terres d'une excel-
lente qualité. Alors le volume entier des eaux de

la Maie maintiendrait le bassin d'échouage dans un état parfait. On pourrait encore, s'il était nécessaire, former au fond et derrière le port une retenue avec écluse de chasse : à l'avantage inappréciable de jouir d'une étale presque aussi prolongée que celle que possède le Havre, s'unit celui d'être accessible pendant un temps beaucoup plus long que dans tous les autres ports de la Manche.

On ne conçoit pas comment tant d'avantages prodigués par la nature n'ont pas été sentis et appréciés, et comment, il faut le dire, quelques individus intéressés personnellement à la préférence de la rive gauche, quelques négocians jaloux de conserver le monopole du commerce de la Somme, ont eu le crédit d'empêcher un établissement qui eût évité à l'état les épouvantables dépenses dont aujourd'hui nous voyons les stériles résultats.

L'amélioration du port du Crotoi est évidemment dans l'intérêt public[1]; elle est même dans

---

[1] Le Crotoi, écrivait en 1820 M. de Pongerville, est aujourd'hui l'unique port des côtes du département de la Somme, et d'une partie du Pas-de-Calais : car, le courant des marées, qui, depuis quelques années, ronge avec une rapidité effrayante les falaises de l'extrémité de la Normandie, fait refluer vers la baie de Somme un amas immense de sables et galets. Aucun effort

l'intérêt bien entendu de Saint-Valery, qui ne peut, quoi qu'on ait fait, et quoi que l'on fasse, recevoir de bâtimens du même tirant d'eau. Saint-Valery recevra les navires qu'il peut admettre, et le Crotoi recevra ceux d'un tonnage supérieur, auxquels le premier ne pourrait donner accès. Les transbordemens se feront au Crotoi, *comme ils s'y pratiquent déjà;* Saint-Valery en recevra, comme il reçoit aujourd'hui, les marchandises que lui en apportent des alléges. Les gribaunes gagneront le canal, ou suivront le chenal de la Somme, que l'on peut si aisément améliorer. Enfin le Crotoi procurera au commerce ce que le commerce ne peut obtenir par Saint-Valery. « La route « par Amiens, dit *M. Brière de Mondétour,* dans « son excellent mémoire sur le canal de la Somme, « serait, dans l'état actuel, la plus avantageuse

de l'art ne pourrait ouvrir une issue aux navires pour pénétrer jusqu'à Saint-Valery, dont le port est à jamais emprisonné par des graviers et des bancs sablonneux. Cette petite ville, située sur un coteau, à l'opposé de la rive du Crotoi, recevait autrefois les vaisseaux de toutes les parties du monde; le commerce y était florissant, l'activité régnait dans ses chantiers : le bouleversement des sables de la mer l'a condamnée à un funeste repos : tous les avantages dont elle a joui, vont être sans doute, par les soins de l'autorité supérieure, reportés au Crotoi, qui peut et doit redevenir un port de la plus haute importance pour le commerce de la Picardie.

« pour aller de la mer à Paris. Cependant bien
« peu de marchandises sont expédiées par cette
« voie, et la cause de cela, *c'est l'extrême incom-*
« *modité du port de Saint-Valery. Ce sera tou-*
« *jours*, ajoute-t-il, *la plaie du canal de la Somme.*
« *Tant que ce malheureux port ne sera point*
« *amélioré, ou que le canal n'aura point d'autre*
« *embouchure dans la mer*, les gros navires iront
« tous au Havre, les petits bâtimens seuls vien-
« dront à Saint-Valery, si les avantages du canal
« compensent les inconvéniens du port de mer. »

Quand on considère le peu qu'il faudrait, le
peu que l'on sollicite en vain depuis si long-temps
pour obtenir ces avantages désirés, pour éviter
ces inconvéniens si sensibles, ce n'est pas seulement de l'étonnement qu'on éprouve.

Que demandait-on, que demandent encore non
seulement la population locale, mais tous les marins qui fréquentent la baie de la Somme? Un bout
de quai en charpente, afin de donner aux bâtimens
le moyen de s'amarrer, de s'appuyer, pour se tenir sur leurs quilles, pour charger et haller les
cargaisons. Ce serait une dépense de 30,000 fr.
on n'a rien obtenu : à peine a-t-on daigné faire une
de ces réponses banales que dans un gouvernement comme le nôtre on devrait réprouver, con-
tenant *la promesse de prendre en considération*

la réclamation. On serait fondé à se plaindre de l'incurie de l'administration, si les quatre préfets qui se sont succédés depuis 1830, avaient eu le temps de parcourir, d'étudier le département, et de juger les travaux publics par leurs propres yeux.

Au parti pris de continuer, coûte qui coûte, d'infructueux essais au Hourdel, on joint l'inflexible volonté de tout refuser au Crotoi, afin de dégoûter les navigateurs de le fréquenter. Mais c'est en vain, car la nature qui se rit des efforts humains, conserve et accroît de plus en plus les avantages de cette situation et les inconvéniens du Hourdel. Les progrès toujours croissans de la pointe de galets, d'un côté, et des dunes de Saint-Quentin, de l'autre, en resserrant, en comprimant l'ouverture de la baie, ajouteront à la force, à la puissance du courant qui vient se briser sur le Crotoi, et approfondir la passe du sud-ouest. Ainsi se réalise et s'accomplit la prédiction de l'illustre Lamblardie sur le destin futur de l'embouchure de la Somme. L'examen détaillé que nous allons faire de l'état de la navigation et du commerce dans la baie de la Somme, va démontrer l'exactitude de nos assertions.

M. *Brière de Montdétour,* dont le mémoire sur le canal de la Somme, publié en 1821, a été cité avec un juste éloge par le directeur-général des ponts et chaussées, dans l'exposé des motifs du projet de loi sur le désastreux emprunt pour les canaux, énonce ainsi les résultats attendus de celui de la Somme :

« Une navigation longitudinale établie dans la vallée de la Somme, partant du canal qui joint l'Oise à l'Escaut, et se terminant à la mer, en un mot le canal de la Somme, sera pour le pays un bienfait immense; la ville de Paris, les ports de la Manche, la France entière en retireront des avantages. »

Les développemens dans lesquels entre l'auteur, démontrent l'évidence de ces avantages; il fait circuler, par cette voie, les riches productions de la Bourgogne et de la Champagne qui, péniblement et chèrement chariées jusqu'alors par les routes qu'elles écrasent, seront économiquement rendues dans les départemens du nord de la France et dans la Belgique. Les marbres du Hainaut, les huiles, les houilles de la Flandre descendant du nord, seront portés jusqu'au centre du royaume; enfin ce canal aboutissant à la mer servira à l'exportation de nos produits indigènes, comme à l'importation des marchandises étrangères. L'habile ingénieur décrit les avantages qui seront particuliers au commerce de Paris, en établissant par des calculs détaillés, que les transports de Paris à la mer se feront plus sûrement, plus promptement, et beaucoup plus économiquement par la Somme que par la Seine. Ses raisonnemens sont concluans et conduisent à reconnaître la probabilité de l'importante conséquence qu'il en tire, que le commerce de la capitale, frappé des avantages que lui assure la navigation de la Somme, fera venir, par cette voie, au moins 40,000 tonneaux de marchandises, dont les frais de transport lui procureront un bénéfice de 1,280,000 francs. Outre ces 40,000 tonneaux, M. de Mondétour estimait à une quantité égale ce qui serait destiné pour les départemens que traverse le canal. Il faut remarquer que ces prévisions sont établies sur l'état actuel du port de Saint-Valery et non sur l'hypothèse d'une amélioration qui permettrait aux bâtimens de long cours d'aborder; enfin il borne les arrivages aux seuls caboteurs d'un tonnage inférieur à 150 tonneaux.

Ces prévisions et ces espérances, dont le directeur général appuya depuis ses argumens, se sont-elles réalisées, depuis que le canal de la Somme est ouvert et navigable d'Abbeville à Amiens, et praticable depuis deux ans de Saint-Valery à Abbeville? L'état officiel de la navigation, dans les années 1831, 1832, et les 10 premiers mois de 1833, va résoudre cette question :

ÉTAT de la navigation dans les ports de Saint-Valery, du Crotoi et d'Abbeville, pendant les années 1831 *et* 1832 [1].

1831.

—

IMPORTATIONS.

—

Il est entré, dans le cours de cette année, dans les ports de la baie de Somme, 313 navires ;

SAVOIR :

A St-Valery.
{
4 Etrangers chargés de planches et bois de construction.
141 Caboteurs chargés de marchandises diverses, sels, vins, etc.
Ces 145 navires, d'un tonnage de 8,371 tonneaux, ont acquitté pour droits de tonnage, décime compris, la somme de 1,461 fr.
La plupart ont allégé au Crotoi.
}

[1] Ce tableau de la navigation, et celui de l'entrepôt de Saint-Valery, ont été dressés sur les états officiels de l'administration des douanes.

Au Crotoi.....
13 Etrangers chargés de planches, bois équarris, merrain, plomb, meules, etc., etc.
41 Caboteurs, marchandises diverses.
Ces 54 navires d'un tonnage de 3,671 tonneaux, ont acquitté pour droits de tonnage, 5,703 fr.

A Abbeville..
1 Etranger sur lest.
113 Caboteurs, marchandises diverses.
Ces 114 navires, d'un tonnage de 4,110 tonneaux, ont acquitté pour droits de tonnage, 292 fr.
La plupart ont gagné Abbeville, sans alléger, en suivant le lit de la rivière.

1832.

Il est entré, dans le cours de cette année, dans les mêmes ports, 388; savoir :

A St-Valery.
8 Etrangers chargés de bois équarris, planches, etc.
7 Français, venant de l'étranger, chargés de blé, café, céruse, cuirs salés, peaux sèches, etc., etc.
178 Caboteurs, marchandises diverses.
Ces 193 navires, d'un tonnage de 11,383 tonneaux, ont acquitté pour droits de tonnage, 5,926 fr.

Au Crotoi.....
- 10 Etrangers , bois de construction , planches, houille, meules à aiguiser, plomb , etc., etc.
- 1 Français, venant de l'étranger, chargé de blé.
- 55 Caboteurs, marchandises diverses.

Ces 66 navires, d'un tonnage de 4,709 tonneaux, ont acquitté pour droits de tonnage, 5,579 fr.

N. B. Mêmes observations que pour 1831.

A Abbeville..
- 1 Etranger, chargé de marchandises françaises, naufragées en Angleterre.
- 128 Caboteurs, marchandises diverses.

Ces 129 navires, d'un tonnage de 4,812 tonneaux, ont acquitté pour droits de tonnage, 211 fr.

EXPORTATIONS.

Les exportations, pendant les années 1831 et 1832, ont employé dans les trois ports de la baie de Somme, en 1831 :

St-Valery ...
- 5 Etrangers, dont deux chargés de fruits de table, volailles, œufs, etc., etc., et trois sur lest.
- 142 Caboteurs, marchandises diverses de l'industrie du pays.

Ces 147 navires étaient d'un tonnage de 8,225 tonneaux.

CROTOI........ { 11 Etrangers, la plupart sur lest, les autres chargés d'eau-de-vie, de vin, cuir tanné, cordages, savon, fil à voile.
45 Caboteurs, chargés de bois à brûler, douvelles, toiles, osier, etc., etc.
Ces 56 navires étaient ensemble, d'un tonnage de 3,570 tonneaux.

ABBEVILLE.... { 1 Etranger, chargé d'œufs, beurre, volailles vivantes.
132 Caboteurs, chargés de lin, chanvre, toiles, bois de construction, verreries, etc.
Ces 134 navires étaient ensemble, d'un tonnage de 4,494 tonneaux.

1832.

ST-VALERY... { 8 Etrangers, dont sept sur lest, un seul chargé de quelques meubles et de 200 kilogrammes de livres.
2 Français allant à l'étranger sur leur lest.
194 Caboteurs, dont quelques uns sur lest, les autres portant des marchandises diverses.
Ces 204 navires étaient d'un tonnage de 10,782 tonneaux.

Crotoi........ {
11 Etrangers, chargés d'eau-de-vie, de cuir tanné, lin, toiles, cordages, fils, vin, bierre.
64 Caboteurs, chargés de bois à brûler, etc.
Ces 75 bâtimens étaient d'un tonnage de 3,957 tonneaux.

Abbeville..... {
1 Etranger, œufs, fruits, plantes d'arbres, meubles.
127 Caboteurs, marchandises diverses.
Ces 128 bâtimens étaient d'un tonnage de 4,759 tonneaux.

IMPORTATIONS.

Il résulte de ce tableau que les bâtimens entrés dans les ports de la baie de Somme, pendant ces deux années, offrent un total de 701 dont le tonnage de 37,056 a donné lieu à une perception de 20,287 francs; ainsi la moyenne calculée sur ces deux années est :

350 bâtimens d'un tonnage de 18,528 donnant lieu à un recouvrement pour droits de 10,143.

Le personnel des équipages est, pour ces deux années, de 3928 hommes, par conséquent chaque année il a été employé 1,964 marins dans cette navigation.

EXPORTATIONS.

Les bâtimens sortis des mêmes ports , pendant ces deux années , sont au nombre de 743 , dont le tonnage est de 36,787 tonneaux ; ainsi la moyenne calculée sur ces nombres est de 372 bâtimens d'un tonnage de 17,893 tonneaux.

Le personnel des équipages est , pour les deux années , de 3,595 hommes ; il a été , chaque année , employé dans cette navigation 1,797 marins.

On remarquera que la moyenne du tonnage pour les bâtimens étrangers est 100 tonneaux , et pour les caboteurs 50 tonneaux.

Nous croyons à propos d'ajouter à cet état de la navigation, dans les années 1831 et 1832 , celui de son mouvement au port du Crotoi dans les dix premiers mois de 1833.

Depuis le premier janvier jusqu'au 30 octobre 1833, il est entré au Crotoi 170 bâtimens, ensemble d'un tonnage de 11,781 tonneaux , dont 56 à destination spéciale du Crotoi ; 49 à la destination de Saint-Valery, 32 à la destination d'Abbeville , 10 à destination mixte du Crotoi, de Saint-Valery et d'Abbeville, et 4 venus pour relâche forcée.

Sur ce nombre, 34 étrangers , dont un de 219 et un autre de 236 tonneaux.

Dans l'état qui nous a été envoyé, nous remarquons que plusieurs des navires à destination de Saint-Valery ont allégé au Crotoi ; sur 48, 4 de 100 à 155 , 5 de 155 à 200 et au delà, et 5 au dessous de 100 tonneaux ont transbordé sur des gribannes une partie ou la totalité de leurs chargemens. Ce que nous avons dit de la hauteur de la barre qu'il faut franchir pour arriver à Saint-Valery justifie la nécessité de ces coûteuses précautions. Il n'y a donc que des bâtimens d'un tirant d'eau de 2 à 3 mètres qui peuvent dans les marées ordinaires de vive eau, passer du Crotoi à Saint-Valery; c'est-à-dire d'environ 8 jours par mois, quand le vent n'est pas contraire ou la mer trop mauvaise. On sait que cette traversée n'est pas praticable en morte eau. Nous sommes encore loin , comme on le voit, de cette destinée que promettent à la gauche de la baie de Somme les travaux qu'on y fait, ceux qu'on y essaie, et ceux qu'on y projette, et que ce ne sera pas, d'ici à bien long-temps que les navires de 2 à 300 tonneaux *pourront vingt jours chaque mois arriver au débouché du canal, comme paraît le croire le conseil des ponts et chaussées.* Il est bien à désirer que M. le Ministre du commerce et des travaux publics considère que cette seconde partie de ses attributions a pour principal objet de faire fleurir la première, et que celle-ci ne doit pas plus long-temps être sacrifiée à des essais infructueux, qui n'ont d'autre effet que de prouver l'impuissance des moyens que l'art essaie pour vaincre la nature, et de gaspiller ainsi l'argent des contribuables.

Il est une autre considération dont nous devons parler à propos de la navigation : elle intéresse le ministère de la marine. Les bateliers d'Abbeville, même ceux des communes de la vallée jusqu'à Amiens, naviguant jusqu'à l'embouchure de la Somme, étaient assujettis à l'inscription maritime, d'après l'ordonnance de la marine qui considère et traite comme marins ceux qui naviguent dans les parties des rivières où le flux de la mer se fait sentir. Le régime des classes, est fondé sur le principe que le citoyen qui exploite et recueille les avantages de la mer, en supporte aussi les charges ; l'équité veut sans doute que quand ces avantages ont cessé, les charges qu'ils comportaient disparaissent. Il est évident que la navigation par la Somme, ne s'opérant plus par la baie, et ne devant plus avoir lieu que par le canal qui ne reçoit pas les eaux de la mer, et dont la pêche, propriété de l'état et dans la suite de la compagnie concessionnaire, ne peut être exploitée par les marins, ceux-ci ne peuvent plus long-temps être soumis à l'inscription maritime. Un état officiel de 1832 porte le nombre des inscrits au syndicat d'Abbeville, à 139. Le rapport statistique de la préfecture maritime de Cherbourg porte dans le quartier de Saint-Valery la navigation intérieure en 1831, à 52 bateaux, jaugeant 1,054 tonneaux, employant 52 capitaines ou patrons, 52 matelots, 24 mousses et 67 marins, hommes de service ou non inscrits. Voilà donc 200 hommes soustraits à l'inscription, que perd le recrutement de la marine [1].

D'après cet état de la navigation et du com-

---

[1] Ce n'est pas sans surprise, nous devons le dire, que nous trouvons dans le mémoire de la Chambre de commerce cet étrange passage : « Les marins d'Abbeville ne peuvent être que les patrons de 70 à 80 gribaunes qui transportent les marchandises de Saint-Valery à Amiens » : *marins, si l'on veut, puisqu'ils sont classés, mais qui ne connaîtraient que l'eau douce, si la mer ne venait les trouver dans la Somme.*

Il est inconcevable qu'on se permette de ridiculiser ainsi une classe aussi estimable, aussi intéressante que celle des marins du syndicat d'Abbeville. Est-ce que ces braves gens ne servent pas, comme ceux du littoral maritime, sur les vaisseaux de l'Etat? Est-ce que, comme ceux-ci, ils n'ont pas souvent versé leur sang pour la patrie? Est-ce que le commissaire du quartier de Saint-Valery, dont ils dépendent, les dispense de répondre à ses appels? Tous les gribauniers classés ont navigué plus ou moins longtemps ; quelques uns ont accompli leurs 300 mois de mer, et jouissent de leurs pensions ; plusieurs sont depuis plusieurs années à bord de nos escadres. Il en est des marins des rives de la Somme comme de ceux des rives de tous nos fleuves.

merce qui se fait à présent par la baie de la
Somme, on peut juger si le canal obtient les résultats qu'on se promettait et qu'on en pouvait
raisonnablement attendre. On peut conjecturer ce
que 350 bâtimens, d'un tonnage de 18 à 20,000
tonneaux, apportent de marchandises diverses,
quand on en distrait les vins et les eaux-de-vie de
l'est et du midi de la France et tout le sel que con-
somment le département de la Somme et une
partie du Pas-de-Calais. Paris ne tire presque
rien par cette voie; il sera facile de démontrer que
son commerce n'a pas eu d'intérêt jusqu'alors à
faire arriver à l'embouchure de la Somme, aucune
partie de son immense approvisionnement. Saint-
Quentin, Peronne, ne connaissent pas plus les
avantages que la Picardie devait espérer.

A quoi tient cette différence si énorme entre les
espérances et la réalité? A ce que les bâtimens
qui entrent dans la baie de Somme, ne peuvent
être, dans les trois quarts de l'année, d'un tonnage supérieur à 100 tonneaux, qu'excepté les
marchandises indigènes, c'est-à-dire, les sels, les
vins, les eaux-de-vie, les savons, les fruits, les
huiles, les fers et autres métaux qui arrivent directement des lieux de production, toutes les autres, c'est-à-dire, les denrées coloniales, natio-
nales ou étrangères, viennent des grands ports où

elles ont acquitté un frêt, des droits de tonnage, d'emmagasinement, d'entrepôt, qui doivent être ajoutés à leur valeur première. Les marchandises étrangères apportées directement par navires français, ne viennent que des ports européens, parce que des navires inférieurs à 100 tonneaux, fussent-ils même d'un tonnage un peu supérieur, ne peuvent être expédiés avec fruit de l'autre hémisphère.

Ce n'est donc pas, ce ne peut être par le canal de la Somme que la capitale, le nord et le centre de la France peuvent avoir intérêt à s'approvisionner. Le commerce sera donc réduit, comme il l'a été jusqu'à ce jour, au cabotage, qui se fait le plus ordinairement par des navires de 50 à 80 tonneaux. L'embouchure de la Somme, par cette cause, restera donc privée de partager avec le Havre une partie des avantages dont jouit exclusivement l'embouchure de la Seine ; la quantité de marchandises étrangères et coloniales qui y aborderont, n'outre-passera jamais les besoins d'un commerce, dont les spéculations continueront à se baser sur la consommation locale, c'est-à-dire celle du rayon où il n'a pas à redouter de concurrence. Ce sera, pour se servir d'une expression technique, une sorte de commerce demi-gros, dont les consommateurs paient les frais. Un tel commerce, on le conçoit, est nécessairement restreint, et doit en résultat offrir les inconvéniens d'un monopole. Ce régime peut convenir à une localité, et l'on concevra ainsi qu'on mette quelque importance à empêcher son amélioration ; mais ce n'est pas avec cette égoïste et apathique indifférence qu'on doit l'envisager, quand il s'agit de l'intérêt général. On reconnaîtra dans l'examen que nous allons faire des résultats qu'auront pour l'immence commerce des départemens du nord de la France, l'établissement d'un bon port au débouché du canal de la Somme : nous prenons pour type, un seul article, le coton.

Chaptal, en 1817, évaluait l'importation des cotons en France, à 13 millons de kilogrammes (13,000 tonneaux); il portait en même temps à 922,711 le nombre de broches de toutes les filatures du royaume. Sur cette quantité, les départemens de la Somme, du Pas-de-Calais, du Nord, de l'Aisne et de l'Oise, entraient pour 303,972, c'est-à-dire environ un tiers ; par conséquent, la consommation de ces cinq départemens devait être de 4 millions 333,000 kilogrammes.

Depuis 1817 la consommation a prodigieusement augmenté ; nous supposons qu'elle a suivi dans nos cinq départemens une progression relative, et qu'elle est aujourd'hui, comme elle était en 1817, du tiers.

L'importation des cotons a été en 1829 de 34,676,425 kilogrammes, dont 31,839,000 kilogrammes furent mis cette année en consommation.

En 1830, l'importation fut de 40,211,170 kilogrammes dont 29,260,433 kilogrammes furent mis en consommation.

En 1831, l'importation fut de 27,573,699 kilogrammes ; 28,229,487 kilogrammes furent mis en consommation.

En 1832 l'importation fut de 38,944,772 kilogrammes, la mise en consommation fut de 33,636,417 kilogrammes.

La moyenne de ces quatre années est de 35,000,00 kilogrammes dont, supposant le tiers consommé par les filatures de nos cinq départemens, la quantité sera de 11,666,000 kilogrammes ou 11,666 tonneaux [1].

Ces cotons, à très peu d'exception près, arrivent tous au Havre ou à Rouen, d'où ils sont expédiés par le roulage à Amiens, à Saint-Quentin, à Lille, à Arras, à Beauvais, etc. : cet unique moyen de transport occasionne des frais qu'on peut évaluer d'après l'aperçu suivant :

[1] Dunkerque n'a reçu en 1831 que 144,571 kilogrammes ; en 1832, 187,000 kilogrammes. Dans la même année, l'entrepôt de Saint-Valery n'en a reçu, venant du Crotoi, que 10,383 kilog.

Diverses causes produisent de grandes variations dans les prix du roulage, les quantités de marchandises à transporter, la saison, l'état des routes, la rareté ou l'abondance des fourrages, haussent ou baissent considérablement les frais. On doit donc adopter une moyenne; nous adopterons celle qu'a prise M. Brière de Mondétour, pour les prix du Havre à Paris. Quelquefois, dit-il, les rouliers se contentent de 5 fr. 50 cent. par quintal métrique, quelquefois on leur donne 8 et 9 francs : 7 francs est une moyenne assez exacte; total par tonneaux, 70 francs.

DISTANCE	à Amiens...., 49 lieues ; transport du tonneau. 70 fr.
du	à St-Quentin, 69 *id.* *id.* 98
Havre	à Lille......., 68 *id.* *id.* 98

Le transport, par le canal, d'après les calculs de M. Brière de Mondétour, coûtera de Saint-Valery à Amiens, pour cent tonneaux,

Savoir :

Chevaux, 4 faisant 6 lieues. . . . .   54 fr.

Frais du bateau.   150

Droits de navigation calculés à raison de 25 centimes par tonneau et par distance de 5 kilomètres pour douze distances.   300

Total. . .   504 fr.

Par conséquent le prix du tonneau sera de 5 francs 4 centimes [1].

Le même ingénieur compte d'Amiens à Saint-Quentin 22 distances ; le transport de 100 tonneaux, calculé sur le taux de Saint-Valery à Amiens, sera de 924 francs ou 9 francs 24 centimes par tonneau. Ainsi le prix du tonneau de Saint-Valery à Saint-Quentin sera de 14 francs 28 centimes.

Comparant les frais du transport par terre avec ceux du transport par le canal, nous trouvons les résultats suivans :

Nous conjecturons que le commerce d'Amiens fait venir actuellement 3 millions de kilogrammes de cotons, ou 3000 tonneaux. Le transport du Havre, à raison de 70 francs du tonneau, coûte 210,000 francs ; le transport par le canal ne reviendrait qu'à 15,120 francs. Nous supposons

[1] Nous ne prétendons pas que cette évaluation soit très exacte. Basée sur les calculs de M. de Mondétour, elle peut être inférieure à celle des droits qu'ont fixés les tarifs établis par la loi de 1821. Mais, dans ce cas, on voit à quel taux les tarifs réduits dans des proportions raisonnables, établiraient les frais de transport. On peut conjecturer quels immenses avantages aurait l'annulation des péages, ou du moins leur abaissement au taux jugé nécessaire pour pourvoir aux seuls entretiens. Un temps viendra, on doit l'espérer, où l'on reconnaîtra que les canaux, ouverts pour faciliter et étendre les relations commerciales, manquent ou altèrent leur but, quand on en fait des objets de spéculations fiscales.

pour Saint-Quentin la même quantité de 3 millions de kilogrammes , dont le transport du Havre , à raison de 98 francs du tonneau, coûte 294,000 fr., le transport par le canal ne reviendrait qu'à 42,840.

Le commerce de ces deux places paie donc pour le transport des six millions kilogrammes de cotons une somme annuelle de 500,000 francs, qui, par le canal, se réduirait à moins de 60,000 fr. Il faut ajouter à la consommation du département de l'Aisne et de la Somme, celle du Nord, du Pas-de-Calais et de l'Oise, dont la navigation diminuerait d'une somme presque égale, les frais de transport. Nous savons tout ce qu'on peut objecter à cet aperçu; on nous dira que les Américains, importateurs des cotons, ne viendront pas dans un port où ils ne trouveront pas de maisons qui leur donnent en échange de leurs cargaisons des valeurs négociables, ou qui leur procurent des chargemens à exporter ; ils préféreront le Havre, où ils vendront au même prix, et où ils trouveront toutes les facilités et tous les avantages que ne pourra leur présenter un port de nouvelle création. Cette objection est fondée pour un présent immédiat, mais elle ne l'est pas pour l'avenir. Il n'y a que le mal qui s'opère promptement dans notre belle France, le bien s'y fait lentement et successivement au milieu d'une infinité d'obstacles, mais enfin il arrive. Quand François Ier, étendant et perfectionnant les vues de son prédécesseur, chargea Bonnivet de créer au Havre un port et d'y ériger une bonne place d'armes, il n'y avait sur cette plage que quelques pêcheurs qui, contraints d'abandonner le port d'Harfleur, que les sables et les galets avaient encombré, s'étaient établis en ce lieu. On sait ce qu'un siècle après, fut le Havre, et ce qu'il est aujourd'hui. Pourquoi, dans une situation qui offre des avantages semblables, le temps n'amènerait-il pas les mêmes résultats? il faut à tout un commencement ; eh bien, il ne s'agit que de continuer ce qui a déjà été entrepris ; car déjà, malgré les incommodités d'un port sans embarcadère, totalement abandonné, comme l'est un mouillage sur une côte déserte, des bâtimens américains y sont venus, et leurs équipages qui connaissent les incommodités de la plupart de nos ports de la Manche, ont hautement manifesté leur surprise que le Gouvernement ait négligé une situation aussi précieuse que le Crotoi. Si, dans les premiers temps, l'absence de maisons puissantes était pour les Américains un obstacle, qu'on ne doute pas que bientôt on en verrait se fonder et s'établir, parce que le commerce est devenu nomade et sa patrie est aux lieux où il y a de l'argent à gagner. Là , comme ailleurs, les habitans du pays ne seraient peut-être pas les premiers à se lancer dans de grandes spéculations; si les prémices étaient recueillies par des étrangers, les succès de ceux-ci ne tarderaient pas à réveiller dans Abbeville ce génie commercial à qui cette cité dut son ancienne prospérité, et à qui ses plus riches citoyens s'honorent de devoir leur fortune. Recevant directement, par le Crotoi, ou par la rivière, les marchandises importées par mer, elle redeviendrait ce qu'elle fut jadis, l'entrepôt nécessaire de la contrée qui l'avoisine et d'une partie du département du Pas-de-Calais. Ses spéculations s'étendraient au delà de ce cercle, parce qu'elle participerait aux avantages des places maritimes, avantages dont on s'est, depuis si long-temps, étudié à la déposséder. Serait-il donc si étonnant, qu'on a l'air de le trouver, que les négocians d'Abbeville eussent les prétentions qu'on accuse de témérité, d'être comptés pour quelque chose dans une question qui touche à des intérêts dont il est difficile de conjecturer l'extension? Faible aujourd'hui relativement à celui d'Amiens, il n'y aurait pas de raison qui s'opposât à l'agrandissement de son commerce, du moment où il posséderait l'élément nécessaire au transport.

Ce que nous avons dit sur le transport des cotons, peut s'appliquer aux denrées coloniales et à toutes les autres marchandises venant par la navigation de long cours, dont une grande partie n'est importée du Havre que par charrois. C'est ce qu'on peut conjecturer par l'état de l'entrepôt de Saint-Valery en 1831 et 1832.

En 1831 cet entrepôt reçut :

60,614 kil. de sucre brut d'une valeur de	41,246
2,385 kil. de cacao.	2,147
102,000 kil. de café.	96,909
1,631 kil. de poivre.	2,285
1,319 kil. de réglisse.	1,319
69,791 kil. de bois de teinture.	13,758
26,904 kil. de potasse.	16,142
30,546 kil. de sumac.	10,691
554 kil. de bois d'ébénisterie. . . .	194
271,053 litres de blé.	54,210
Total. . . .	238,901

En 1832, cet entrepôt reçut pour une valeur de 181,455 francs, dont il restait, au 31 décembre de cette même année, pour 57,695 francs. Les marchandises sont à peu près les mêmes que celles détaillées en 1831.

Les exportations se réduisent jusqu'alors aux

productions naturelles du sol et à quelques produits industriels de la contrée. Les productions
naturelles sont le beurre, les œufs, la volaille,
dont, en 1831, il a été fait quelques expéditions
en Angleterre; des bois de chauffage et de construction provenant des forêts voisines, des céréa-
les et des graines oléagineuses; les produits industriels sont des tissus de divers genres, des
chanvres tillés, des cordages, des toiles écrues et
à matelas, de la poterie, de la verrerie, du plâtre
importé par le canal.

Ces exportations, aujourd'hui peu importantes,
suivraient les progrès des importations, parce que
le commerce s'approvisionnerait de tous les objets
qu'exportent les étrangers; ainsi les magasins et
entrepôts contiendraient des vins, des eaux-de-vie
et d'autres marchandises à l'usage des diverses
contrées de l'Europe et de l'Amérique.

Mais l'article dont l'entrepôt aurait nécessairement lieu à l'embouchure de la Somme accroî-
trait considérablement le revenu du canal, serait
la houille, si, maintenant les droits sur les houilles anglaises, on les réduisait sur celles des pro-
vinces belges et prussiennes, de manière que cel-
les-ci pussent concourir avec les houilles de Valen-
ciennes. Mais il faudrait, en ce cas, réduire le
tarif du canal : sans cet indispensable préliminaire,

il est impossible de penser à faire à l'embouchure
de la Somme l'entrepôt des houilles nécessaires
à la consommation du littoral de la Seine-Infé-
rieure, qui continuera à s'approvisionner en Angleterre.

On peut, d'après ce rapide aperçu, reconnaître la médiocrité du commerce qui se fait actuellement par les ports de la baie de Somme, et
conjecturer l'importance qu'il est susceptible
d'acquérir, si l'on veut attaquer la cause de sa
stagnation. Cette cause est évidente, si le canal
débouchait vers un port, où des bâtimens de tout
tonnage pussent aborder, et où par conséquent se
fonderait un commerce de grandes spéculations,
on verrait se réaliser les conjectures séduisantes
de ceux qui conçurent le beau projet du canal
de la Somme s'unissant à l'Oise et à l'Escaut. La
capitale ne négligerait pas une voie de communication avec la mer, qui serait pour elle plus écono-
mique de frais et de temps, que celle de la Seine.
C'est à la création de ce port que l'on veut parvenir, et c'est à Saint-Valery qu'on prétend le former; nous ne reviendrons pas sur ce que nous avons
dit de cette prétention; nous sommes convaincus
de l'inutilité des dépenses qu'on a faites, de celles
que l'on continue à faire, et de l'inanité des illusions auxquelles on prodigue tant d'argent et l'on

sacrifie les intérêts bien compris du département.
Nous répétons cependant que nous ne demandons
pas l'abandon des ouvrages, nous demandons encore moins qu'on nuise à Saint-Valery, mais nous
devons entendre que l'on ne sacrifie pas, comme
on l'a fait jusqu'alors à l'avantage exclusif de cette
place, les intérêts du pays, ceux dont sont appelées à
jouir les populations industrielles que vivifie le
canal, et ce qui est encore d'une bien autre importance, ceux de l'humanité. En effet, sur quelle partie du littoral septentrional de la Manche, de cette
côte funeste, si féconde en naufrages, existe-t-il
une autre retraite aussi accessible à des navires
d'un grand tirant d'eau? Est-ce à l'embouchure
de l'Authie, à celle de la Canche, où tous les
ans viennent se perdre tant de bâtimens? Est-ce à
Boulogne même, voilée, cette année, de tant de
crêpes funèbres? L'adresse et l'intrépidité des pilotes de la baie, c'est-à-dire ceux du Crotoi, de
Saint-Valery et de Cayeux, ont bien diminué le
préjugé du péril des passes dans les bancs de Somme; tout navire en détresse, abordé par ces braves
gens, est sauvé, soit qu'ils le mènent au Crotoi,
soit qu'ils le conduisent en Angleterre. Le temps
approche où MM. les ingénieurs de la marine,
chargés du relèvement de nos côtes, travail
admirable et qui honore autant ceux qui en con-

çurent la généreuse pensée, *et qui l'exécutent si bien*, que le gouvernement qui l'accueillit, prouveront que les bancs de l'embouchure de la Somme ne sont plus aussi redoutables qu'ils le paraissaient jadis ; ils prouveront aussi la fidélité de nos asser-- tions dans tout ce que nons disons sur le Crotoi.

M. Sartoris, si intéressé dans le succès de l'entreprise, présenta de profondes observations dans un mémoire remarquable publié sous son nom en 1824. L'auteur ne voulait pas plus que nous la ruine de Saint-Valery ; il lui conservait au contraire, dans son projet, la jouissance de tous les avantages que comporte sa situation ; mais il ne voulait pas paralyser le commerce, en conservant à cette place le monopole de la navigation que l'état de son port et plus encore les difficultés de son accès ont réduit au simple cabotage. Personne sans doute n'était plus en droit que la compagnie *appelée à jouir un jour des produits du canal*, de prendre l'initiative sur les moyens d'en tirer les fruits que raisonnablement elle en doit espérer. C'était vers la seule situation où peuvent aborder en tout temps, et presque par tous les vents, des bâtimens de long cours, c'est-à-dire vers le Crotoi, qu'il projettait une branche de dérivation au canal. Saint-Valery eût communiqué par son barrage éclusé ; les bâtimens venant du Crotoi eussent pénétré par une

écluse formant à *Grandport* le débouché de la dérivation. Ce projet débloquait le canal, en lui donnant, à son embouchure, un port où pourraient
arriver et stationner des navires de tout tonnage.
Le canal réalisait ainsi tout ce qu'il avait fait espérer, mais il déshéritait Saint-Valery de tout ce qu'il
s'était promis du perfectionnement de la navigation
de la rivière; il confirmait tout ce que, depuis un
demi-siècle, on avait dit et écrit contre les travaux
de la rive gauche; enfin il prouvait l'inutilité d'énor-
mes dépenses contre lesquelles on n'avait cessé de
se récrier. Les doléances de Saint-Valery *durent
être accueillies* par l'administration des ponts et
chaussées. Le projet de M. Sartoris *dut échouer*[1].
On a continué, on continue des essais après lesquels nécessairement il faudra arriver au terme
qu'imposent non moins le bon sens que l'équité, réprouver le coupable dessein d'anéantir le Crotoi[2],
et consacrer enfin à cette admirable position maritime une faible part des sommes qu'on prodigue
à des travaux d'un succès douteux *même pour
leurs propres auteurs*. Dans ce qu'on fait pour le
Hourdel tout est problématique, dans ce qu'on
voudrait faire au Crotoi tout est positif, tout est
certain. On ne peut contester que la hauteur d'eau

---

[1] Voyez notes, page 84. — [2] Voyez notes, page 91.

que les marées y apportent est supérieure à celle qui
entre dans aucun des ports de la Manche, depuis
la Seine jusqu'à Dunkerque, et que les variations
accidentelles du cours de la Somme, à son embouchure, n'ont jamais influé sensiblement sur
cette élévation. On ne peut nier davantage que le
Crotoi peut, en morte eau, recevoir des navires
qui, en vives eaux, ne peuvent gagner le port de
Saint-Valery, à raison de la barre qu'il faut franchir pour s'y rendre. Voilà des avantages naturels
que l'art ne peut procurer. Malgré son abandon,
son dénûment absolu de jetées, de quais, de bassins d'échouage, presque tous les bâtimens à destination de Saint-Valery s'y arrêtent, et la plupart
s'y allégent pour réduire leur tirant d'eau. On voit,
au tableau que nous avons donné de sa navigation,
qu'il reçoit pour son compte une soixantaine de
navires qui débarquent leurs chargemens et en re-
çoivent d'autres en denrées du pays ou en celles
importées. On peut constater sur les registres de
la Douane que les recettes qui s'y font et qui figu-
rent dans les états, *au bureau de Saint-Valery,
quoique la marchandise ait été débarquée, pesée,
évaluée et payée au Crotoi,* sont importantes. Eh
bien, nonobstant ces faits si connus, une utilité,
une nécessité si évidentes, on a, jusqu'à ce jour,
repoussé opiniâtrément les doléances de la popu-

lation et des navigateurs bretons qui fréquentent la baie. Dès que les ouvrages seraient faits, on y verrait des bâtimens de long cours, parce que les négocians d'Abbeville, d'Amiens, de Saint-Quentin, en apprenant l'existence d'un véritable port, reconnaîtraient qu'ils peuvent jouir chez eux-mêmes des avantages qu'ils paient si cher ailleurs, et dont ne profitent chez eux que quelques maisons; les filateurs des cinq départemens y feraient venir leurs cotons, dont le transport ne leur coûterait plus, comme nous l'avons démontré, que le dixième de ce qu'il leur a coûté jusqu'à présent. Les denrées coloniales ne leur parviendraient plus de seconde main, et ne seraient plus importées à des prix que l'industrie et le détail sont obligés de reprendre sur le consommateur. Qu'on ne croie pas, quand nous esquissons le tableau de cet avenir, que nous prétendions que sa réalisation fût immédiate. Nous le répétons, le bien ne se fait que graduellement et en combattant pied à pied les obstacles que lui suscitent les intérêts particuliers et les amours-propres.

L'un des argumens que l'on oppose à tous les projets de relever le Crotoi [1], est le peu d'impor-

---

[1] Le Crotoi a été une ville importante. L'histoire nous apprend qu'il en est parti des flottes considérables. On y voit encore la forme

tance de cette commune, la misère apparente d'une partie de sa population et le peu d'attraits que présente à un établissement commercial, un sol aride, que les sables menacent d'ensevelir. Voilà ce qu'on répète encore, et ce que peuvent croire ceux qui n'ont pas visité cette position écartée de toute voie de grande communication. Ces préventions, que justifia autrefois l'état d'abandon ou l'avait plongé l'anéantissement du commerce, et que rappela la longue guerre maritime de la révolution, n'existent plus. La navigation y a fait renaître l'aisance ; sa population active, laborieuse, intelligente, s'est sensiblement augmentée ; de vieux marins, après de longs et pénibles services rendus à la patrie, dans différens grades, y propagent par leurs avis, par leur expérience, le goût de leur honorable et périlleuse profession ; des propriétaires s'y sont fixés et se livrent à des spéculations, dans lesquelles ont voit figurer des capita-

d'un bassin très vaste qui les contenait ; les vestiges d'un canal, qui, après avoir baigné les fossés de la ville, se rendait à la mer près la Chapelle-Saint-Pierre, pour faciliter la sortie des vaisseaux. Il subsiste encore les traces très apparentes d'un canal de poissonnerie, attenant aussi au port, et de l'ancien lit de la Maie, qui se rendait à ce port avec plusieurs canaux, servant à l'écoulement des eaux du Marquenterre. Voilà des faits qui ne peuvent être démentis. Les yeux les confirment. (Lettre d'un négociant d'Amiens en 1785.)

listes forains; des maisons, des magasins sont
édifiés; des bateaux de pêche ont été construits,
et leurs succès en feront construire d'autres. L'administration locale, quoique dépourvue de res-
sources, trouve dans son patriotisme éclairé, et
dans l'excellent esprit des habitans, les moyens
d'entreprendre et d'exécuter d'importantes améliorations; c'est ainsi qu'elle opère le déblai de
ruines amoncelées depuis le seizième siècle, et de
sables poussés par le vent et accumulés dans diverses parties de la commune, depuis le même temps;
c'est ainsi qu'elle a contribué à la création et depuis à l'entretien du chemin qui conduit à Rue, et
de là à la route royale de Calais. Il serait très facile
d'établir, à peu de frais et en peu de temps, une
communication directe avec Abbeville, qui réduirait la distance à 4 lieues. Tout, dans cette localité,
a une tendance incontestable à des progrès rapides
et assurés. Le développement de cette prospérité
dépend du parti que le gouvernement, mieux
éclairé, prendra bientôt, nous n'en pouvons dou-
ter, sur les justes réclamations qui lui sont et seront renouvelées. Nous terminerons cet article
en citant ici les paroles qu'un ancien négociant
adressait à l'intendant de Picardie, en 1795 : Il a
existé un port considérable au Crotoi; l'histoire
l'atteste, les yeux le confirment; dans son état

actuel il est de la plus grande utilité, et cependant il n'est pas possible de faire de ce port un port!!! A cette époque, la voix de celui qui demandait justice, qui proclamait la vérité, allait se perdre dans le cabinet de l'intendance.

Dans nos premières observations, nous avons exposé les obstacles insurmontables que la nature oppose aux téméraires entreprises formées à la gauche de la baie de la Somme. Nous avons appuyé notre opinion sur celle d'un des plus habiles ingénieurs du corps des ponts et chaussées, aussi distingué par sa profonde expérience que par ses connaissances et ses talens; nous avons montré que les cinquante années écoulées depuis la composition du mémoire sur la cause de la production des galets, ont justifié la perspicacité des vues, et la vérité des prévisions de son auteur. Nous avons démontré que le canal aboutissant à Saint-Valery, ne remplira jamais les espérances qu'avait fait concevoir à la province de Picardie, ce grand et bel ouvrage, et que c'est avoir sacrifié à une seule ville tous les avantages qu'on pouvait, qu'on devait raisonnablement attendre.

Nous avons représenté qu'en détournant la Somme de son lit naturel, on portait à la ville d'Abbeville un coup funeste, en la privant de sa communication directe et libre avec la mer, dont

elle avait toujours joui; sa navigation se trouve, à
ce moyen, assujétie aux périls de la traversée de
la barre entre le Crotoi et Saint-Valery; elle est
réduite à ne recevoir que des bâtimens d'un tirant d'eau de 2 mètres 20 centimètres au plus,
déterminé par la hauteur du busc du barrage
éclusé. Enfin elle se trouve soumise à toutes les
vicissitudes du canal, et à subir les droits de péage
dont le fisc la frappera, si le tarif est établi, comme
on doit le croire, jusqu'à Saint-Valery. Ainsi on
aura enlevé à la ville d'Abbeville sa possession im-
mémoriale et gratuite du chenal de la rivière; on
aura dépouillé les communes et les propriétés de
la droite de la vallée, du cours des eaux, et par
conséquent des moyens de transporter, par cette
voie, leurs productions. Enfin, abusant du principe qui réserve à l'Etat la propriété des rivières
navigables, on a, sans information préalable, *de
commodo et incommodo*, sans s'être assuré de l'effet
que produirait sur la salubrité de la contrée cette
innovation, transformé en marais fétide le vaste
chenal de la Somme, depuis Sur-Somme jusqu'au
Crotoi. Nous espérons que les réclamations formées par les habitans d'Abbeville seront enfin
écoutées, et que la justice que nous ne nous lasse
rons jamais d'invoquer, leur sera rendue.

Nos nouvelles observations sont le développement et la démonstration de toutes nos premières assertions ; ainsi nous prouvons qu'il n'y eut jamais identité de vues entre les nombreux ingénieurs qui se sont succédés, *que les plus habiles* n'ont cessé de reconnaître qu'il était impossible de créer un bon port à Saint-Valery ; que *liés par l'obligation de continuer un travail entrepris*, ils n'ont trouvé d'autre remède pour parer à ses inconvéniens, que de projeter la création d'un port à deux lieues et demie à l'ouest de Saint-Valery, *moyennant une vingtaine de millions*. Nous appuyons ce que nous avions dit sur les avantages du Crotoi, de témoignages irrécusables sur la facilité de son accès, sur la sûreté de son mouillage, sur la hauteur de l'eau qui y afflue, enfin sur l'utilité dont ce port est et n'a cessé d'être pour tous les bâtimens qui entrent dans la baie. Tout esprit juste ne pourra concevoir que l'administration ait persisté dans l'opiniâtre volonté de laisser et de maintenir, dans un état d'abandon tellement calculé, une position aussi précieuse, et qui est si indispensable, qu'il n'y a de navigation praticable que par là.

On voit dans le tableau officiel que nous donnons de la navigation et du commerce, l'état actuel de ces deux principes de la prospérité du pays. Les réflexions qu'inspire leur examen, sont les argumens les plus puissans contre les fautes, dont nous nous plaignons, et en faveur de la demande que nous formons dans l'intérêt non seulement d'Abbeville, nous le répétons, mais dans celui de tout le département de la Somme.

Nous formons le vœu que l'administration, cédant enfin à l'évidence et à l'universalité des réclamations, provoque elle-même une enquête locale sur les faits que nous lui signalons, et que, ces faits constatés, elle avise promptement à commencer au Crotoi des travaux dont le succès dotera la baie de Somme d'un port sans lequel le canal ne remplira pas l'objet de sa création et n'indemnisera jamais l'état des immenses sacrifices qu'il a faits.

FIN.

NOTE PREMIÈRE.

« Soit que M. Sartoris, dit M. Dutens, ait été retenu
dans le dessein qu'il avait de présenter ce projet, par
la crainte d'éprouver des oppositions à son exécution, de la part des villes de Saint-Valery et d'Abbeville ; soit qu'il en fut détourné par l'appréhension
de dépenses beaucoup plus fortes que celles sur lesquelles il avait calculé, ou peut-être même par l'in-
certitude d'un succès qu'un examen plus approfondi
des localités et des phénomènes qui se manifestent
dans la baie de Somme rendait très problématique,
toujours est-il vrai qu'il ne remit à l'administration
aucun projet qui pût devenir la matière d'une nouvelle discussion, et que, par ce silence, il parut
acquiescer aux principes qui avaient engagé jusqu'a-
lors l'administration à persister dans la conservation
de l'embouchure actuelle du canal. »

Nous interprétons tout différemment les causes
qui ont arrêté la compagnie dans l'exécution de
son projet : ce projet était bon ; c'était le meilleur
qu'on pût exécuter, dans l'état des choses. Mais
l'opération financière ne lui offrait pas cette fruc-
tueuse sécurité à laquelle elle s'était si bien habi-
tuée ; en effet, ce n'était plus un simple prêt à

7 1/2 p. 0/0 : il s'agissait d'exécuter, à ses risques et
périls, une entreprise, moyennant un marché dont
l'inexécution entraînait sa déchéance, et, dans ce
cas, la confiscation des ouvrages faits, des approvi-
sionnemens, des matériaux, la perte des terrains
acquis, etc. La compagnie ne pouvait réclamer aucune indemnité, dans le cas où la dépense effective
excéderait celle évaluée, et l'on avait des raisons
de craindre qu'il ne se rencontrât de ces sortes de
dépenses imprévues. Enfin, dans quel but courir
ces hasards ? Ce n'était que dans 35 à 40 ans, c'est-à-
dire après l'amortissement, qu'elle eût profité des
bénéfices de son amélioration, puisque ce n'est qu'a-
lors qu'elle entrera, pour cinquante années consécutives, en jouissance de la moitié du produit net des
droits. Les inconvéniens actuels durent sembler su-
périeurs aux avantages qu'on pouvait espérer ; dans
ce doute, la compagnie s'abstint. On n'est pas du
tout surpris de cette prudente réserve, quand on
considère les conditions de son prêt de 6,600,000 fr.
Là, point d'embarras, *disait le colonel de Beaufort
dans ses observations sur l'emprunt*, nulle incerti-
tude ; si la dépense effective a surpassé celle évaluée,
le trésor public supplée au déficit : ainsi, peu im-
porte aux soumissionnaires qu'il y ait erreur dans
les évaluations ; loin d'encourir la déchéance, en
cas de l'inachèvement des travaux, à l'époque pres-
crite, loin d'être passible du retard, la compagnie
reçoit et recevra, outre l'intérêt de six pour cent, un

demi pour cent de prime jusqu'à l'amortissement, et cet amortissement n'étant annuellement que d'un pour cent, il est évident qu'outre l'intérêt stipulé, elle recevra un capital et demi, pour un qu'elle a prêté.

On conçoit aisément que, séduite par de telles conditions, une compagnie ait répugné à entrer dans la carrière des éventualités dont elle n'était appelée que dans 35 à 40 ans, à recueillir les fruits, et qu'elle ait préféré s'en tenir à recevoir exactement, régulièrement, sans risques, périls ni frais, pendant 33 ans, une annuité de 495,000 fr. hypothéquée sur la loyauté nationale. Le temps était passé où se faisaient ces brillantes opérations : le charme avait cessé, et l'on s'était aperçu que c'était bien cher, pour l'état, que d'acheter par de tels sacrifices, les moyens de rentrer, après 85 ou 90 ans, dans une propriété engagée aux plus onéreuses conditions qu'ait jamais subies un emprunteur prodigue et sans crédit. On ne saurait trop souvent retracer les conséquences de cet emprunt, dont nous puisons les développemens dans les observations publiées en octobre 1821, *par M. le colonel de Beaufort.*

Incertain si les 600,000 fr. que le rapport du 4 août 1821 attribuait au canal de *Manicamp*, *à Chauny*, devaient entrer dans ses calculs, M. de Beaufort a opéré seulement sur 6 millions, et il établit ainsi la somme qu'à l'expiration de l'amortissement les prêteurs auront reçue, et que le trésor aura payée ou perdue :

1° Pour les intérêts à payer au concessionnaire
pendant l'exécution des travaux . . 1,250,000 fr.

2° Les interêts perdus qu'aurait
produits cette somme 2,025,000

3° Les supplémens d'une somme
annuelle de 200,000 fr. pour com-
pléter les 450,000 fr. pour intérêts,
prime et amortissement, *parce que
l'on calcule que les produits nets du
péage rendront annuellement au tré-
sor 250,000, ci.* 6,600,000

4° Les intérêts aussi perdus que
ces divers supplémens auraient produits 5,775,000

Total . . . 15,650,000 fr.

Mais la somme de 600,000 fr.,
affectée au canal de Manicamp, devant entrer et entrant en effet dans
les intérêts, primes et amortisse-
mens qui, au lieu de 450,000, mon-
tent à une annuité de 495,000 fr.,
nous ajoutons un dixième au total
ci-dessus 1,565,000

Ainsi, pour le prêt de 6,600,000 f.,
il en aura coûté au trésor. . . . . . 17,215,000 fr.

Ce n'est pas à ces immenses bénéfices que se bor-

nent les avantages assurés aux prêteurs ; ils ont encore la jouissance, pendant 50 années, du produit
net des droits du canal. Quels seront ces produits à
cette époque ? Ils peuvent être très considérables ;
l'administration des ponts et chaussées les a évalués
à 300,000 fr. La moitié que les prêteurs recevront,
dans cette hypothèse, sera donc de 150,000 fr.
qui, en 50 années, leur procureront un capital de
7,500,000 fr. ; et comme ils n'auront rien donné
ni fait aucun sacrifice pour l'obtenir, et que cette
allocation peut être envisagée comme un don de la
munificence du gouvernement, s'ils laissent accu-
muler les intérêts des intérêts, le capital sera, les
50 ans révolus, d'un peu plus de 31,400,000 fr.

On peut juger, par cet aperçu, comment, en 1821,
furent faites les affaires du pays, et ce que coûte à
l'état *le patriotisme des traitans*, quand d'aveugles ou
perfides conseillers engagent le gouvernement dans
le labyrinthe de l'usure. Ce n'était point par des em-
prunts de ce genre que Sully, Colbert et Napoléon,
trop éclairés pour être dupes du charlatanisme, ont
opéré les grands et utiles travaux qui immortali-
sent leurs siècles.

Examinons aujourd'hui ce qu'aura coûté le canal
de la Somme à l'expiration de l'amortissement :

Nous supposons ici, comme nous l'avons fait dans
le détail que nous avons donné dans nos premières
observations, que le canal, au moyen de l'allocation
restant à faire, après 1834, sera achevé ; la dépense

faite et celle prévue s'élèvera à . .   13,202,545 fr.

A quoi ajoutant les annuités et intérêts assurés aux prêteurs, détaillés ci-dessus   17,215,000

Le total peut, dès à présent, être porté à . . . .   30,417,545 fr.

On remarquera que nous maintenons le revenu net et constant à 250,000 fr., quoiqu'il ne se soit élevé, en 1831 , qu'à 206,000 fr. ; sur quoi *nous présumons* qu'il conviendrait de déduire les frais *d'entretien et de surveillance* qui sont portés, en 1833 , à 153,000 fr. ; dans cette hypothèse, on voit à quelle faible somme serait réduit le revenu *net*. Nous n'avons point égard aux événemens qui peuvent nuire à l'activité du commerce ; nous exagérons la probabilité des avantages, et nous ne nous occupons pas de l'exécution des projets du port du Hourdel et de la dérivation de la Somme à travers ses sables. Mais, si l'on continue ces *prétendus perfectionnemens*, il est difficile de prévoir où l'on s'arrétera. Il est plus que temps de finir ces ruineuses expériences ; on voit ce qu'elles ont produit, on peut aisément conjecturer ce qu'elles produiront ; l'état de la navigation et du commerce le démontre, parce que les faits parlent mieux que les théories.

Cependant nous trouvons dans l'état de situation des canaux, au 31 octobre 1833, « qu'il reste encore « à opérer des travaux de perfectionnemens, à re-

« creuser sur divers points le lit du canal, à exécuter
« *des ouvrages de défense en aval du barrage éclusé de*
« *Saint-Valery, etc.* » Ce qui justifie la prévision du
rapport de 1832, *sur des dépenses ultérieures assez
considérables.* On se promet que, dans quelques mois,
la profondeur du canal sera portée définitivement
à la cote de 3 mètres 25 centimètres ; ce dont il sera
assez difficile de reconnaître l'utilité, tant que le
busc du barrage ne pourra être franchi que par des
bâtimens de deux mètres vingt centimètres au plus.

Il est urgent, nous le répétons, de renoncer à
cette lutte incessante et téméraire entre l'art et la
nature, et de prendre enfin le seul parti qu'indique
l'expérience ; puisque le Crotoi est, quoi qu'on fasse,
le seul port de la baie où tous les bâtimens abordent
et aborderont toujours, il faut faire au Crotoi les
travaux qu'il requiert : on peut calculer aisément
le prix de ces travaux ; on est assuré de leur résultat;
on peut donc en régler la dépense. Si l'on persiste
dans les hasardeuses éventualités où l'on s'est si im-
prudemment engagé, le canal, qui peut et devrait
être une source de prospérité pour la Picardie, sera
un abîme où les fonds du trésor continueront à s'en-
gloutir, sans aucun résultat utile, et au détriment
du commerce des départemens du Nord et de la capitale de la France [1].

[1] Il serait difficile de savoir quels sont les ouvrages de défense en
aval du barrage éclusé, si l'on ne se reportait au rapport de 1832,
où l'on dit que ces travaux ont pour objet de protéger ce barrage et

NOTE DEUXIÈME.

—

On a prononcé l'abandon du port du Crotoi.

D'après les témoignages que nous donnons de l'utilité du port du Crotoi, relâche nécessaire et obligé de tous les navires qui entrent dans la baie de Somme, on ne croit qu'avec peine qu'on ait réellement conçu

abriter les bâtimens qui attendront le moment du passage. Nous avouerons franchement que nous ne pouvons deviner ce qu'on entend par là. Mais on n'aperçoit dans ce vague sommaire qu'on nous donne pour le compte annuel de la situation des canaux, conformément à l'art. 19 de la loi du 14 août 1822, aucune indication du creusement du chenal *sous-marin* qu'on destine à la Somme, et encore moins des travaux du port du Hourdel. Ce n'est donc pas sur les fonds des canaux, mais sur les 975,000 fr. attribués en 1834, *aux grosses réparations et ouvrages neufs, travaux à la mer* (chapitre 11 du budget des travaux publics), qu'on prend l'argent nécessaire pour ces entreprises. S'il en est ainsi, on reconnaîtra combien il est nécessaire d'imposer à l'administration l'obligation de soumettre à l'approbation des Chambres ses propositions, quand il s'agit d'entreprises qui engagent le trésor dans des dépenses incalculables. Comment l'administration, qui ne peut, sans une loi, ouvrir un bout de route, édifier un pont, pourra-t-elle créer un port? Que, sous prétexte de perfectionnement, d'amélioration, le gouvernement fasse faire un ouvrage neuf dans un terrain libre, on peut l'admettre; mais prononcer qu'il lui est loisible de former un établissement qui doit être l'origine de dépenses continues, c'est ce qu'on ne peut tolérer.

la pensée d'anéantir ce port, et de vouer à un abandon absolu cette précieuse position maritime. Cependant nous allons donner une preuve authentique, officielle, de cet incroyable dessein.

Le maire, les commerçans, les marins et les capitaines de navire qui stationnaient, le 26 décembre 1831, au Crotoi, présentèrent à M. le préfet du département (M. Fumeron d'Ardenil), qui vint ce jour-là visiter cette commune, une pétition tendante à obtenir quelques travaux pour l'amélioration du port. M. le préfet en reconnut la nécessité, et promit de faire tout ce qui dépendrait de lui pour faire droit à la demande. Mais l'on sait qu'en matière de travaux publics, l'administration supérieure est dans l'usage de subordonner son avis à celui de MM. les ingénieurs. La pétition fut donc communiquée à M. l'ingénieur chargé de la troisième section du canal de la Somme. Voilà la copie du rapport et de l'avis de ce fonctionnaire.

RAPPORT *de l'ingénieur de la troisième section du canal de la Somme et du port de Saint-Valery, sur la pétition, en date du 26 décembre 1831, adressée à M. le préfet par des capitaines de navires alors en station au Crotoi et des pilotes de ce village.*

Des capitaines de navires qui se trouvaient en station au Crotoi le 26 décembre 1831, et des pilotes de cet endroit, exposèrent que le port du Crotoi, de tout temps, les a sauvés du naufrage, et qu'il est le seul de la baie de Somme qui puisse leur offrir cet avantage. Afin d'obtenir une plus grande sécurité pour la position de leurs bâtimens et d'économiser leurs amarres, ils demandent qu'on construise aux frais du gouvernement un quai qu'ils annoncent devoir être peu coûteux.

Il est vrai que le port du Crotoi a été, jusqu'à ce jour, d'une grande utilité pour la station des navires qui pénètrent dans la baie de Somme ; mais les travaux du canal de la Somme qui sont actuellement en cours d'exécution dans la traverse d'Abbeville, et ceux qui ont été faits entre cette ville et Saint-Valery, doivent avoir pour résultat d'abandonner entièrement le Crotoi, en jetant la Somme dans le canal d'Abbeville à Saint-Valery, et la dirigeant vers la pointe du Hourdel. On creuse à cette pointe un port destiné à remplacer avantageusement la station du Crotoi. Il est facile de comprendre, d'après cet exposé, que le moment n'est pas opportun pour s'occuper de faire les travaux qu'on réclame.

Néanmoins *j'ai fait prendre des renseignemens* sur les lieux, auprès du maire et du maître du port du Crotoi, pour connaître l'emplacement et l'étendue du quai dont on réclame la construction, afin de fournir les renseignemens demandés par M. le préfet.

L'emplacement où il serait le plus avantageux de faire un quai ou plutôt une estacade en charpente, s'étend depuis l'éclusette du parc aux huîtres jusqu'au corps-de-garde de la douane, sur une étendue de 120 mètres de longueur ; on ne pourrait guère en faire une moindre étendue, si on entreprenait ce travail.

Le mètre courant d'estacade, d'après une estimation que j'ai faite au port de Saint-Valery, en 1829, coûterait environ 400 fr. ; en sorte que la dépense des 120 mètres courant s'élève à la somme de . . . . 48,000 fr.

Il faudrait, en outre, faire quelques déblais au devant de cette estacade, évalués à 1,000

Sommes à valoir pour dépenses imprévues 1,000
____

TOTAL . . . . . 50,000 fr.

Cette dépense semblera bien considérable , surtout au moment où le port du Crotoi *va être à peu près abandonné*. C'est plus que ne doivent coûter les travaux du *Hourdel qui n'ont été estimés que 41,000 fr.* Je pense qu'il convient de n'entreprendre aucune espèce de travaux de quelque importance au Crotoi, jusqu'à ce que le résultat des ouvrages qui s'exécutent puisse être apprécié , et d'ajourner jusqu'à cette époque la décision à prendre sur la pétition en question.

Abbeville, le 22 février 1832.

Signé, FOUACHE.

Il est bien clair actuellement que, selon M. l'ingénieur, les travaux du canal de la Somme doivent avoir pour résultat l'abandon prochain du Crotoi, qui va être remplacé par le port que l'on creuse au Hourdel, et que, par ce motif, il ne faut rien faire au premier. En effet, comment, lorsqu'on peut faire un *excellent port tout neuf avec* 41,000 *fr.*, ira-t-on, *pour un seul bout d'estacade*, en dépenser 48,000 à ce vieux port du Crotoi dont on a prononcé l'arrêt d'abolition? Le résultat, malheureusement, n'a pas justifié les espérances ; les *quarante-un mille francs* ont été dépensés et bien *dépassés* par des subsides nouveaux. Ce qu'on appelle le port du Hourdel, dont nous avons donné la description, n'en est que moins praticable et moins fréquenté. Le Crotoi est toujours l'unique station de la baie.

Le maire, à qui M. le sous-préfet d'Abbeville transmit l'avis de l'ingénieur, fit la réponse suivante.

Réplique au rapport ci-contre, adressée à M. le sous-préfet, à Abbeville.

Je ne puis, monsieur, *malgré l'invitation que vous m'en donnez*, laisser sans réponse le rapport de M. l'ingénieur du port de Saint-Valery, en date du 22 février dernier, et dont vous avez bien voulu m'adresser copie par votre lettre, en date du 8 mars.

Premièrement, M. l'ingénieur dit, en parlant de la Somme dans le canal d'Abbeville à Saint-Valery : « *et la dirigeant vers la pointe du Hourdel ;* » il faut donc que M. l'ingénieur ait encore d'innombrables sommes à sa disposition pour avancer, pouvoir diriger à son gré le cours de la Somme dans la baie (c'est-à-dire pour lui faire un chenal au milieu des sables dans une distance de plus d'une lieue).

Secondement, je ne comprends pas, monsieur, comment, *quand la personne envoyée par M. l'ingénieur pour prendre connaissance du lieu et estimer la dépense à faire, convint avec moi et le capitaine du port, que ce travail pourrait coûter au plus 20,000 fr., M. l'ingénieur la fasse monter, dans son rapport, à 50,000.*

Troisièmement, je trouve que M. l'ingénieur a bien hasardé, en disant qu'il en coûterait beaucoup plus pour faire un simple bout de quai au port du Crotoi, que pour faire un port au Hourdel qui, dit-il, devra remplacer avantageusement le Crotoi. Mais, monsieur, j'ose ici avancer qu'il faudra ajouter aux dépenses déjà faites au Hourdel, de nouvelles dépenses incalculables, avant que ce port puisse avantageusement remplacer celui du Crotoi pour lequel la nature a tout fait.

Signé, Dégardins.

Le maire du Crotoi a renouvelé, au nom de ses concitoyens et des marins qui fréquentent cette station, ses demandes au gouvernement; il a présenté, dans la session de 1833, une pétition aux chambres, qui n'a pu être rapportée; il a écrit au ministre, à qui il dit : « C'est au nom des commerçans, des na-

« vigateurs et marins de cette commune; c'est au
« nom du commerce et de tous les capitaines de na-
« vires qui fréquentent la baie de Somme, que je
« viens, monsieur, vous prier d'accorder, en faveur
« du port du Crotoi, une faible somme de 25 à
« 30,000 fr. nécessaire pour la construction d'une
« estacade, dont les avantages sont prochains, sont
« incontestables, etc. »

Toutes les demandes sont restées jusqu'alors sans
succès; il n'en sera plus ainsi, et la sollicitude du
ministre, nous n'en doutons point, satisfera bientôt
d'aussi justes réclamations.

SITUATION DU CANAL DE LA SOMME

AU 31 OCTOBRE 1833.

EXTRAIT *du rapport fait conformément à l'art.* 19 *de
la loi du* 14 *août* 1833.

Ce compte étant annoncé devoir être le dernier
qui sera produit en vertu de la loi du 14 août 1832,
il nous paraît utile de le copier textuellement, afin
de donner un échantillon des états de situation, des-
tinés à éclairer le public :

Le canal de la Somme a pour but d'établir, par
la vallée de la Somme, une communication *de la mer
avec Paris*. Il s'embranche, près *de Saint-Simon*, sur

le canal *Crozat*, et vient déboucher sous les murs de Saint-Valery. Les points principaux intermédiaires sont *Ham*, *Péronne*, et *Amiens*. Le développement de cette ligne est de 156,800 mètres environ, ou un peu plus de 39 lieues de poste. Sa pente totale est de 58 mètres 21 centimètres : elle est rachetée par vingt-trois écluses.

Le canal de la Somme est ouvert à la navigation sur toute son étendue, depuis la fin de 1827 ; et si l'on excepte la traversée d'Abbeville, pour laquelle on a été forcé jusqu'ici de suivre l'ancienne voie navigable, il n'a cessé d'offrir en étiage un tirant d'eau de 1 mètre 20 centimètres. Il reste encore à opérer des travaux de perfectionnement, à recreuser sur divers points le lit du canal, à prolonger plusieurs dérivations, à construire quelques ponts ou passerelles, à exécuter des ouvrages de défense en aval du barrage éclusé de Saint-Valery, et enfin à établir définitivement la ligne du canal dans l'intérieur d'Abbeville. Cette dernière partie des travaux a été long-temps retardée par des oppositions locales aussi vives que soutenues, et pour concilier tous les intérêts, l'administration a dû sur ce point se résigner à d'assez fortes dépenses. Aujourd'hui les obstacles sont levés, les travaux vont se poursuivre avec activité, et tout fait espérer que cette lacune, la seule que présente encore l'importante navigation du canal de la Somme, ne tardera pas à disparaître. Déjà l'écluse provisoire de *Sur-Somme* est détruite, et à l'aide de creusemens opérés par des moyens aussi simples qu'ingénieux, le canal d'Abbeville à Saint-Valery offre moyennement 2 mètres 30 centimètres de tirant d'eau pendant les mortes eaux, et 3 mètres pendant les vives eaux ; dans quelques mois, la profondeur sera portée définitivement à la cote de 3 mètres 25 centimètres.

Le montant de l'emprunt est épuisé. Les travaux se continuent sur les fonds du trésor, et les dépenses faites sur ces fonds, au 31 octobre dernier (1833), s'élèvent à. . . . . 1,847,152 fr. 84 c.

Tel est le rapport de l'état de situation que présente l'administration au 31 octobre 1833. Le rapport de la situation, en 1832, explique, comme nous l'avons dit précédemment, *ce que sont les ouvrages de défense à faire en aval du barrage éclusé de Saint-Valery ;* ils ont pour objet de *protéger* ce barrage et d'abriter les bâtimens qui attendront le moment du passage. Comme il n'est pas question, en 1833, du rechargement des digues *affaissées*, de la reprise de maçonneries des fondations, il faut croire que tout cela est consolidé, et que, *même près de Pinchefalise*, le courant ne donne plus d'inquiétude pour la solidité de la digue. Ces travaux, ajoutait-on, ne laisseront pas cependant que d'exiger un supplément de fonds *considérable*. En effet, la dépense faite sur les fonds du trésor, qui ne s'élevait, au 31 juillet, qu'à 1,513,391 fr. 06 cent., montant, au 31 octobre 1833, à 1,847,152 fr. 84 cent., justifie, dans ce laps de temps, l'emploi d'une somme de 333,761 francs 78 centimes.

On ne dit rien, dans le rapport de 1833, qui ait le moindre trait aux travaux pour le creusement du chenal *sous-marin* de la Ferté au Hourdel; mais nous croyons que c'est de ces travaux que l'on entend parler, quand on dit au rapport de 1832, comme en celui de 1831 : « La navigation est ouverte depuis « Saint-Simon jusque sous les murs d'Abbeville, et, « *au moyen de quelques ouvrages provisoires, elle se con-* « *tinue jusqu'à la mer*, en attendant qu'elle puisse « suivre définitivement la ligne qui lui *sera* (en 1832) « tracée dans l'intérieur d'Abbeville. »

On donnait au rapport de 1832, l'état du produit de la navigation, de la récolte des herbes, et des fermages de la pêche qui, en 1830, s'étant élevés à 229,929 fr., étaient tombés, en 1831, à 206,194 fr. On n'en dit absolument rien en 1833, de sorte que si l'on a un aperçu de la dépense, on ne sait rien de la recette. On n'a pas dit davantage si le revenu de 1830 et de 1831 est *brut ou net;* il serait pourtant essentiel de faire cette distinction, parce que si le revenu *était brut, les frais d'entretien et de surveillance* étant en 1833 de 153,000 francs, le revenu net de 206,000 fr. se trouverait réduit à 53,000, intérêt bien modeste pour 13 millions.

POST-SCRIPTUM.

La publicité que la presse périodique donna à une note que j'avais remise à M. le ministre des travaux publics, me détermina à composer mon premier Mémoire sur le canal de la Basse-Somme ; je n'avais pu, dans un écrit rédigé à la hâte, et dont le seul but était de signaler au ministre les faits qui devaient fixer son attention, donner tous les développemens que comporte le sujet ; c'est pourquoi je crus à propos d'y suppléer.

Quand ce mémoire parut, j'ignorais que la Chambre de commerce d'Amiens venait, à l'occasion de ma note, de publier des observations tendant à combattre et à réfuter mes assertions. Je ne pouvais garder le silence, et je rédigeai l'écrit que je publie aujourd'hui. Mais, par une circonstance fortuite, c'est au moment où je viens de mettre sous presse la dernière feuille de ce second opuscule, que je reçois *les observations de la Chambre de commerce d'Amiens sur ma première brochure.* Je regretterais l'inopportunité de cette rencontre, si mes honorables adversaires présentaient des faits importans que je ne crusse pas avoir suffisamment traités, et si la lecture de leur mémoire eût influé sur mes convictions.

Je ne présenterai ici que de courtes réflexions sur quelques passages où l'on me prête des intentions qui me sont étrangères, où l'on prétend m'impliquer en contradiction, et où l'on avance des assertions que je ne peux laisser sans réponse.

Je ne peux admettre, comme on le prétend, que, préoccupé des seuls intérêts de la ville d'Abbeville, j'ai tout-à-fait méconnu ceux du département; je repousse également l'étrange induction qu'on tire de mon projet, que mon intention secrète est de concentrer à Abbeville tout le commerce maritime de la baie de Somme. J'expose assez nettement mon opinion pour qu'on n'interprète pas ainsi ma pensée et pour qu'on ne pèse pas mes intentions à une autre balance qu'à celle de la franchise et de la loyauté. Je ne me suis pas borné, dans mes considérations, à la ville d'Abbeville ni même au département auquel je m'honore d'appartenir; j'ai envisagé les intérêts des départemens du nord et même de la capitale de la France, que je crois évidemment lésés; j'indique les moyens qu'il me semble nécessaire de prendre pour obtenir du canal de la Somme les avantages qu'on en devait attendre. Mes vues se sont trouvées parfaitement conformes à celles de mes commettans; la

raison, à mon sens, était de leur côté, j'ai donc em-
brassé avec ardeur une cause qu'il appartient à tout
bon citoyen de défendre sans mission légale ou officielle.

L'accusation de parler d'un ton de mépris des divers projets de faire aboutir le canal au hable d'Ault,
ne peut m'être faite avec bonne foi, quand on lit
(page 26) : « Nous ne contesterons pas la possibilité
« de telles entreprises ; nous sommes convaincus que
« leur complète exécution aurait un grand et im-
« portant résultat ; mais ce que nous savons aussi,
« c'est qu'il ne suffit pas qu'une chose soit possible
« pour qu'elle soit praticable, et pour qu'un état
« doive l'entreprendre. »

Je demande si c'est là traiter d'un ton de mépris
les projets d'ingénieurs distingués ?

On m'invite à expliquer ce que j'ai entendu par
l'utilité *actuelle* que pourrait avoir le port que l'on
creuse au Hourdel, dont le devis s'élève à quarante-
un mille francs ; il s'agit, dans cette *actualité*, d'un
espace de temps déterminé par l'accroissement inévitable et journalier des galets et des sables. Ainsi
que je l'ai exposé, la durée du mouillage *actuel* dépend des progrès quotidiens de l'envasement, de l'en-
combrement de ce que l'on appelle aujourd'hui le
port du Hourdel ; j'ai expliqué, d'après Lamblardie,
la cause invincible et *incessante* qui produit cet effet.

Si l'on avait lu, à la page 33 de mon Mémoire, ce
qu'expose le savant Lamblardie sur les causes qui pro-

curent au port du Havre le précieux avantage
de conserver *son plein* pendant deux heures au
moins, on aurait jugé avec plus d'indulgence ce que
je dis du port du Crotoi, et on ne m'eût pas aussi
légèrement taxé d'une absurde crédulité, comme on
n'hésite pas à le faire. En disant que le port du Crotoi, par des causes analogues à celles qui produisent
les mêmes effets au Havre, conservait *son plein* pendant deux heures, j'ai entendu, non que, pendant
ce temps, la mer fait *étale*, ce qui est l'absurdité
qu'on me prète, mais que, pour le Crotoi comme
pour le Havre, les bâtimens peuvent, pendant deux
heures, surtout en vives eaux, entrer avec le flux et
sortir à la faveur du jusant. Voilà ce qui est.

Si l'on m'a accusé de demander l'abandon du canal, on prétendra que je suis en contradiction avec
moi-même en parlant aujourd'hui de sa conservation ; mais je répondrai qu'on a dénaturé mes intentions. J'ai dit, et je le répète encore, qu'on doit renoncer à porter toute l'eau de la Somme à Saint-
Valery, et qu'on doit *améliorer* l'ancien lit du fleuve ;
par conséquent si la navigation, en tout ou partie,
avait lieu par là, on *renoncerait* à la voie du canal, qui
par le fait ne servirait plus qu'au port de Saint-Valery. Voilà ce que j'ai entendu, et l'on ne pourrait raisonnablement me supposer la coupable pensée de détruire ou d'abandonner tout-à-fait un tel
ouvrage, puisque si les bateaux et navires pour
Amiens et Abbeville, partant du Crotoi, suivaient le

chenal du fleuve, ceux partant de Saint-Valery auraient intérêt à suivre le canal.

Je dois réduire à sa véritable valeur un argument
dont on s'est servi pour démontrer *que le port du
Crotoi n'est qu'une plage découverte et battue en plein par
les vents; que les navires y sont exposés à de fréquentes
avaries.* La chambre de commerce, dans ses deux
Mémoires, allégue, comme preuve de cette assertion, ce que j'ai dit moi-même *de navires enlevés dans
le milieu du mouillage et lancés dans la baye.*

Je ne conçois pas comment on prétend m'objecter,
comme aveu explicite des inconvéniens du Crotoi,
ce que je disais au ministre, pour lui démontrer la
nécessité de pourvoir, par quelques travaux peu coûteux, à des événemens inévitables dans l'état d'a-
bandon où on laisse cette station si nécessaire, si
fréquentée. Est-il surprenant que des navires, dé-
pourvus de tout moyen de s'amarrer, obligés de
mouiller sur leurs ancres, en soient détachés violemment et entraînés à la dérive par l'effet du jusant? On sait très bien que les travaux qu'on demande, et qu'on obtiendra certainement pour ce
port, le garantiront infailliblement des événemens
(très rares cependant) que j'ai signalés.

Sur la demande que je forme d'une enquête solennelle pour constater si le canal de la basse Somme rem-
plit l'objet de sa création, et, dans le cas contraire,
d'aviser aux moyens de n'avoir pas à regretter les per-
tes de tant de millions, la chambre répond, *« Que ce*

« *n'est pas quand une chose est faite, qu'on doit faire des*
« *enquêtes pour savoir s'il convient de la faire;* enfin
« qu'une nouvelle enquête sur l'utilité de ce qui est
« fait est absolument inutile, puisque le résultat
« qu'on obtiendrait ne présente aucun doute : *Le*
« *Commerce d'Amiens serait en opposition avec celui d'Ab-*
« *beville*, ou avec ceux qui se sont constitués ses or-
« ganes, et on n'aurait fait que rallumer sans utilité
« des querelles qu'on doit chercher à éteindre. Si on
« considère le nombre des commerçans, l'impor-
« tance de leurs affaires, et l'expérience que ces af-
« faires ont dû leur donner, *Amiens doit l'emporter*
« *sur Abbeville, etc.* »

Il est évident que le vœu que je forme d'une enquête solennelle n'a pas été compris. La Chambre de
commerce n'a vu que des intérêts de localité, et c'est
des intérêts généraux du pays, dans lesquels se con-
fondent également ceux d'Amiens et d'Abbeville, que
j'ai entendu parler. Il faut que les contribuables de
la France entière, qui ont payé déjà 13 millions, qui
sont inévitablement condamnés à en solder 17 autres d'ici à 30 ans, qui paieront annuellement pour
des améliorations, des réparations, des entretiens,
des frais de surveillance, une somme très supérieure
aux médiocres produits que l'état tire du canal; il
faut, dis-je, qu'ils sachent *pourquoi*, et s'il ne serait
pas possible d'alléger leur fardeau, de les indemni-
ser de leurs avances, *de faire mieux que ce qu'on a fait*,
de réparer les fautes qu'on aurait commises. Si l'en-

quête sollicitée avait un tel résultat, je suis persuadé que le commerce d'Amiens ne serait plus, à l'égard de celui d'Abbeville, dans cet esprit d'*opposition* que je déplore.

IMPRIMERIE ET FONDERIE DE A. PINARD,

Quai Voltaire, 15.

IMPRIMERIE ET FONDERIE DE A. PINARD,
QUAI VOLTAIRE, Nº 15.